言·動·感·體·心

다른 듯 같은 듯

언어와 문화의 한·일 비교

言·動·感·體·心

다른 듯 같은 듯

언어와 문화의 한 · 일 비교

사이토 아케미 지음

小花

가깝고도 먼 나라에서 가깝고도 가까운 나라로

　한국 춘천시에 있는 한림대학교 일본학과에서 학생들을 가르친 지 벌써 14년이 흘렀습니다. 이곳은 서울에서 차로 한 시간 반 거리에 있는 아름다운 산과 호수에 둘러싸인 한적한 도시입니다. 서울에 사는 가족이나 연인들이 한가롭게 주말을 보낼 수 있는 휴양지로 유명하지만, 일본에는 거의 알려지지 않은 곳이었습니다.

　그런데 별안간 춘천이 서울과 부산 다음으로 일본에서 유명한 곳이 되었습니다. 이곳 춘천이 「겨울연가」의 촬영지였기 때문입니다. 예전에 이곳은 일본인이라곤 우리 가족뿐인 것 같았습니다. 하지만 지금은 제 또래 여성들을 포함해 매일 1천여 명의 일본인이 「겨울연가」에 나오는 가로수 길을 찾고 있습니다. 그리고 그 사람들이 입을 모아 한국어를 배우고 싶다고 하는 말을 들으면 '가깝고도 먼 나라'가 이제는 정말로 '가깝고도 가까운 나라'가 되었다는 것을 실감합니다.

14년 전 한국에 와 일본어를 가르치면서 전공인 교린수지 (交隣須知)를 중심으로 언어를 연구하고 학생들과 교수님들과의 교류를 통해 한국과 한국인을 접하며 다양한 경험을 해왔습니다.

한국어를 한마디도 모른 채 부임했을 당시에는 보고 듣는 모든 것이 그저 새롭고 신기했습니다. 어떤 면에서는 일본인과 매우 흡사하지만 어딘지 모르게 다른 한국인들과 교제하며 즐겁고 재미있는 경험도 많이 해왔습니다. 그러는 가운데 나름대로 느낀 바를 정리하여 1995년 『일본어 교사로서 한국에(日本語教師として韓國へ)』라는 책을 냈습니다. 생면부지의 일본인이 그 책을 손에 들고 일부러 일본에서 연구실까지 찾아와 주었을 때는 감격스럽기 이를 데 없었습니다. 그리고 다시 10년이 지났습니다.

그후 다행히 일본과 한국의 월간지에 2002~2004년 3년에 걸쳐 두 나라의 언어와 문화에 관한 이야기를 연재할 기회를 얻었습니다. 그래서 이번에는 한국에 흥미를 갖게 된 일본인, 한

국과 한국인을 더욱 알고 싶어하는 일본인을 위해 그 이야기들을 묶어 2005년 5월 『ことばと文化の日韓比較(언어와 문화의 일·한 비교)』라는 제목의 책을 출간했습니다. 그리고 의외로 일본 국내의 『아사히신문』, 『홋카이도신문』, 『도쿄신문』 등 여러 신문에 소개되어 한국과 일본이 서로를 이해하는 데 유익한 책으로 좋은 평가를 받아 무척 기뻤습니다. 그리고 일본 독자들의 호응에 힘입어 1년이 지난 2006년 6월 재판을 출간하게 되었습니다.

이 책『言·動·感·體·心 다른 듯 같은 듯』은『ことばと文化の日韓比較』를 번역하여 그것을 바탕으로 한국 독자들이 좀 더 쉽게 이해할 수 있도록 일본과 일본인에 관한 것들을 새롭게 덧붙인 것입니다. 좋은 기회에 한국 독자들에게 읽혀지게 되어 더 더욱 기쁘게 생각합니다.

먼저 이 책의 밑바탕이 된『ことばと文化の日韓比較』를 한국어로 옮겨 주신 최춘성 씨께 감사드립니다. 좋은 번역이 있었기에 든든한 기초 위에 수정과 보완이 가능했습니다. 그리고 번역하는 데 동의해 주신 일본의 출판사 세카이시소샤(世界思想社)에 고마움을 전합니다. 이 책을 쓰는 데 여러모로 조언해 주신 도쿄대학교의 오고시 나오키 교수님께 감사드립니다. 또 한림대학교의 여러 교수님들과 한림대학교 국제대학원의 육혜영

씨께서도 많은 도움을 주셨습니다. 진심으로 감사드립니다. 마지막으로 소화출판사에 감사의 마음을 보냅니다.

2006년 6월

한국의 춘천에서 사이토 아케미

놀라움마저 즐거움으로 변모시킨
일본인의 한국 문화 체험

오고시 나오키(도쿄대학교 대학원 교수)

　미국에서 유학 중이던 일본인 몇몇과 이야기하다 보니 모두
가 유학 시절에 가장 사귀기 쉬웠던 사람이 한국인 유학생이었
다는 말을 했다. 실은 미국에서 유학했던 한국인으로부터는 일
본인이 가장 사귀기 쉬웠다는 이야기를 들은 적이 있다. 이는
일본인과 한국인의 사고방식이나 행동 양식이 아주 비슷하기
때문일 것이라고 생각한다. 그런데 일본인이 한국에 머물거나
한국인이 일본에 머물면 서로에게 많은 차이점이 있다는 데에
놀란다. 이 책의 저자 역시 한국에서 생활하는 가운데 다양한
놀라움을 경험할 수 있었던 것 같다.
　이 책은 오랜 시간 한국의 대학교에서 일본어를 가르쳐 온

저자가 한국에서 생활하면서 경험한 이문화 체험을 제시하며 일본과 한국의 차이에 대해 생각한 것이다. 이렇게 쓰면 아주 딱딱한 책처럼 느껴질 테지만 실제로는 부드러운 어조로 아주 읽기 쉬운 내용이다. 특히 힘겨운 경험이 될 수 있는 이문화 체험을 마치 즐기고 있는 듯한 어조가 인상적이다.

「제1부 말과 언어 행동」에서는 대화의 진행 방법과 인사, 말에 대한 호응 등 일본과 한국의 언어 행동을 언급하고, 양자에서 볼 수 있는 차이와 그 차이를 낳는 배경을 말하고 있다. 일본인은 '에?'라고 반응하지만 한국인은 '싫어요!'라고 반응한다는 사례에서 거절과 양해의 표현을 다룬 부분 등 매우 흥미로운 지적을 하고 있다.

더욱이 대화를 나눌 때의 거리나 자신의 소유물에 대한 사고 등 비언어 행동적인 부분에 대해서도 다양한 지적을 하고 있다. 한국인과 이야기할 때 거리가 가까워 뒤로 물러났더니 결국에는 벽에 등이 닿았다는 사례를 들면서 친소와 대인간 거리에 대해 말하는 부분은 앞으로 본격적인 조사가 필요하다고 느꼈다. 다음으로 「제2부 한국과 일본의 문화」에서는 좀더 문화 관습적인 사항이 다루어지며 한국인의 생활이나 행동 양식이 일본과 비교되고 있다.

지금까지 간행된 일본인의 한국 생활 체험기에서는 자신의 체험을 바탕으로 안이하게 두 나라의 문화론을 논하는 일이 많은 반면, 그 경험의 배경에 있는 것이 무엇인지를 정확하게 분석하려는 일이 적었다. 한편 언어 연구의 분야에서는 최근 한·일의 언어 행동에 대한 논문이 증가하고 있다. 이들 논문은 전문적인 것이기에 일반인들이 쉽게 접할 수 있는 것이 아니다.

그런 가운데 일반인을 대상으로 한 책이면서 언어 전문가의 눈으로 말하는 점이 이 책의 가장 큰 특징이라고 할 수 있을 것이다. 문화에 흥미를 가지고 있는 사람이 읽어도 좋다. 언어에 흥미를 가지고 있는 사람이 읽어도 재미있게 읽을 수 있을 것이다.

이 글은 『國文學　解釋と鑑賞(국문학 해석과 감상)』의 2006년 1월호에 게재된, 이 책의 토대가 된 『ことばと文化の日韓比較─相互理解をめざして(언어와 문화의 일·한 비교─상호 이해를 지향하며)』의 서평을 번역한 글이다.

| CONTENTS |

머리말 4

이 책에 부치며 8

제1부_ 말과 언어 행동

1장 말·言

몇 살이시죠? 대인 관계 속도의 차이 17

'미안합니다'와 '스미마센' 일상에서의 감사와 사과의 표현 21

신세지곤 못살아 의뢰에 관한 사고와 그 표현 방식 26

'좀⋯', '빨리 말해' 거절·양해의 표현 31

안녕하라고 인사 표현의 비교 37

외삼촌이야, 큰아버지야? 호칭의 차이 42

'음', '알아, 알아!', 'I see' 되풀이·환언·말 가로채기의 세 가지 화술 48

말없는 수다 대화 중의 호응 비교 53

'부담 없이 들러 주세요', '정말이야?' 겉치레 말의 표면상 뜻과 속뜻 58

2장 행동·動

내 것은 네 것, 네 것은 내 것 자기 영역에 대한 감각 65

왜 자꾸 다가오지? 대인 간 거리의 문화 차 69

친절의 두 얼굴 친절한 응대에 관한 사고의 차이 72

말 안 해도 알지? 침묵이 지니는 의미의 차이 76

엄숙했던 세미나 색을 이용한 자기표현의 차이 80

밥에 국을 부을까, 국에 밥을 부을까 예의범절과 생활 관습의 차이 83

3장 감각·感

미묘하게 다른 단어들 한자어에서 유래된 단어 비교 89

미아 분이 일행 분을 찾고 계십니다 경어 사용의 차이점 92

다른 듯 같은 듯 동사 대 동사의 범위 96

개와 고양이 동물이 가진 이미지 101

자리 있나요? 하나의 말이 가진 상반된 의미 104

공부할수록 좋아진다 한국 학생의 일본에 대한 이미지 107

「짱구는 못 말려」와「겨울연가」의 위력 일본어·한국어 학습 동기 113

제2부_ 한국과 일본의 문화

4장 몸·體

나 홀로 명절을 한국과 일본의 명절 119

한턱내기의 묘수 터득하기 한국식 한턱내기와 일본식 더치페이 124

맛있는 한국 1 음식점을 통해 본 한국과 일본 129

맛있는 한국 2 노점을 통해 본 한국과 일본 132

맛있는 한국 3 한국의 대표 음식 김치 135

"거기 파출소죠? 파출부 부탁합니다" 이사에서 보는 한국인의 합리성 139

'변변치 않지만', '뭐, 내가 이 정도밖에' 한국과 일본의 선물 문화 143

물건에 둘러싸여 사는 사람들 수납의 차이로 보는 한국과 일본 147

온돌이 있어 따뜻한 겨울 주거의 차이 152

내 목욕물은 어디로 목욕 문화의 차이 156

점점 작아지는 매니큐어 IT와 전통이 공존하는 나라 159

시대와 함께 변한 결혼식 결혼 문화의 차이 163

양반은 자전거를 타지 않는다 자전거 이용으로 엿보는 의식 세계 168

세상을 온통 붉게 물들였던 한 달 2002년 한·일 월드컵 관전기 173

5장 마음·心

당황도 공부다 179

참치 캔 하나의 순발력 183

눈시울이 뜨거워지는 스승의 날 188

보석 같은 내 제자 191

축제 같은 졸업식 195

한국과 한국인의 매력 197

참고 문헌 199

일러두기

1. 이 책은 2005년 일본에서 출간된 『ことばの文化の日韓比較』(세
   카이시소샤世界思想社 출간)를 저자가 새롭게 수정·보완한 것임을
   밝혀 둡니다.
2. 본문 중의 일본어 표기는 이 책의 성격상 외래어 표기법을 따르
   지 않았음을 밝혀 둡니다. 따라서 어두에 오는 ㅋ, ㅌ 등은 그대
   로 살리고 ん은 ㄴ과 ㅁ, ㅇ으로 구분하여 표기했습니다.

01
말·言

몇 살이시죠?
'미안합니다' 와 '스미마센'
신세지곤 못살아
'좀…', '빨리 말해'
안녕하라고?
외삼촌이야, 큰아버지야?
'음', '알아, 알아!', 'I see'
말없는 수다
'부담 없이 들러 주세요', '정말이야?'

몇 살이시죠?

대인 관계 속도의 차이

집에서 내가 근무하고 있는 한림대학교까지는 대중교통을 이용할 정도의 거리는 아니지만, 그렇다고 걷기에는 언덕이 많아 조금 불편하여 택시를 자주 이용하고 있다. 시간으로 치면 10분 남짓한 데다가 일본의 교통비에 비하면 저렴한 편이라 버스를 기다리며 초조해 하는 것보다는 합리적이라는 생각에서다.

그런데 택시를 타면 한국인과 결코 같을 수 없는 어눌한 내 말투 때문에 거의 날마다 이런 말을 듣는다.

"우리나라 사람 아니죠? 중국인이에요? 아니면 일본?"

"대학에서 뭐 하세요?"

"한국 말 잘하시네요. 여긴 언제 오셨어요?"

"한국 생활은 어때요? 경제적으로는 일본이 나을 텐데 왜 한국에 계세요? 불편하지 않나요?"

"결혼은 했어요? 남편은 한국 사람이에요? 춘천에 같이 살고 있어요? 아이는 아들딸 몇 명이죠?"

이런 질문이 빗발친다. 한국에 온 지 얼마 되지 않았을 때는 이런 물음 가운데 가장 당황스러웠던 것이 나이에 관한 질문이었다. 속으로는 '여자 나이를 묻다니…' 하고 놀라면서 막 배운 한국어를 써보고 싶은 마음에 나이를 알려 주면, "그럼 내가 ○○살 위니까 오빠네" 하며 묻지도 않은 나이까지 알려 주는 게 아닌가.

일본에도 말하기 좋아하는 기사가 있지만 어디까지나 소수다. 반면 한국에는 이렇게 연달아 질문을 하는 쪽이 많은 편이다. 한국인 동료는 고지식하게 일일이 대답할 필요가 없다고 충고해 주었으나, 붙임성 있게 물어 오니 대답하지 않으면 미안한 마음이 든다.

미혼인 일본인 동료는 처음 만나는 한국인으로부터 매번 받는 질문이 있다고 불평했다.

"결혼하셨어요? 그럼 결혼할 분은 있나요?"

이런 질문에 익숙해져 적당히 받아넘길 심산으로 애인이 있다고 할라치면 "그럼 결혼은 언제 할 거예요? 왜 빨리 안 하세요" 하고 기다렸다는 듯이 또 다른 질문이 밀려온다는 것이다.

대학에서도 갓 입학한 신입생끼리 가족 사항이나 이성 친구가 있는지 없는지, 일본어를 배우려고 하는 이유 따위를 서로 묻고 답한다. 그중에서 중요한 것은 나이다. 왜냐하면 학년은 같아도 상대방이 나이가 많으면 앞으로 존댓말을 써야 하고 나이가 어리면 반말을 하며 지내기 때문이다. 한국에서 나이는 말씨를 결정하는 중요한 요소가 되는 것이다.

한국과 일본은 처음 만나는 사이에 화제로 삼는 주제가 조금 다르다. 일본인은 어느 정도 친해지기 전까지 개인적인 질문은 삼가도록 한다. 고작해야 날씨나 스포츠같이 무난한 이야기로 시작하는 것이 보통이다. 군이 사생활과 관련된 것을 묻고 싶을 때는 먼저 '주제넘는 질문인데요', '괜찮으시다면 ○○○를 알려 주시겠어요?'와 같은 말을 하거나 상대방이 말하도록 넌지시 유도한다. 그리고 결혼 유무는 왼손 약지에 반지를 꼈는지 슬쩍 보고 확인하는 재치(?)를 발휘한다.

반면 한국인은 궁금한 것을 단도직입적으로 물어 상대방과 조금이라도 빨리 친해지려는 경향이 있다. 그리고 어느 정도 친해지고 나면 상대방이 남자든 여자든 자주 연락을 주고받으며 깊이 알려고 한다. 더욱이 친구라고 할 수 있는 관계가 되면 100퍼센트라 해도 좋을 만큼 그 사람을 이해하는 것이 당연하다는 느낌마저 든다.

더구나 질문 공세를 하여 상대방을 알려는 욕구만큼이나 자신을 알려는 욕구 역시 높다. 즉 자신에 대한 이야기를 많이 하여 상대방이 빨리 알도록 하는 것이다. 일본인의 정서로는 이해하기 어려운 사적인 이야기까지 첫 만남에서 상당히 솔직히 말해 준다. 군이 묻지 않아도 가족 사항이나 연인과의 데이트 내용까지 말해 주어 내심 '이렇게 격의 없이 말해도 괜찮나' 하며 당황하는 일이 드물지 않다. 자칫 그런 한국인의 질문 공세가 일본인에게는 실례로 들리거나 지나치게 자신을 알리려고 애쓰는 것처럼 느껴지지만, 한국인에게는 어디까지나 커뮤니케이션의 첫걸음일 뿐이다.

반대로 한국인의 입장에서는 일부러 먼저 다가가려 하는데 당혹스러운 표정을 짓거나 '느닷없이 그런 걸 묻는 건 실례잖아'라는 듯이 불쾌해 하는 일본인을 보면 '도무지 무슨 생각을 하고 있는지 알 수가 없군. 나랑 친해지고 싶은 마음이 없나 봐. 매사가 분명하지 않은 사람들이야'라고 생각하는 모양이다.

시간을 들여 천천히 상대방과의 거리를 좁혀 나가는 일본인이든 한시라도 빨리 상대방을 알고 자신도 알리려는 한국인이든 그 저변에 깔린 사이좋게 지내고 상대방을 이해하고 싶어하는 마음은 다르지 않을 것이다. 다만 그 속도에 차이가 있다는 점을 서로 알아 둔다면 오해하는 일을 줄일 수 있지 않을까.

'미안합니다'와 '스미마센'

일상에서의 감사와 사과의 표현

한국 생활을 막 시작했을 무렵 길을 걷다가 사람들과 스쳐 지나갈 때마다 놀라곤 했다.

일본에서는 혼잡한 횡단보도에서 다른 사람과 마주치면 서로 어깨나 몸을 좌우로 약간씩 피해 양보한다. 급한 일이라도 있어 앞질러야 할 때는 마치 인파를 누비듯 지그재그로 걷는 것이 일본인의 습관이다. 그래도 어깨나 팔이 닿으면 '죄송합니다', '미안합니다'라는 말을 한다. 중년 남성이라면 '실례'라고 짧게 한마디하는 사람도 있지만, 어떠한 형태로든 사과를 하는 것이 자연스럽게 몸에 밴 습관이며 매너다.

그런데 한국에서는 그렇지 않은 경우가 적잖다.

우선 앞에서 오는 사람과의 동선이 충돌해도 양보하지 않는 일이 있다. 그리고 부딪쳐도 '죄송합니다', '미안합니다' 같은 사과 한마디 없는 경우가 흔하다.

예를 들어 내가 횡단보도를 곧장 건너고 있고 맞은편에서도 곧장 건너오는 사람이 있다고 하자. 각각 좌우로 한 걸음씩만 비켜서면 어깨가 부딪치지 않는다. 그래서 나는 왼쪽으로 한 걸음 옮긴다. 저쪽 또한 마찬가지로 왼쪽(내 쪽에서 보면 오른쪽)으로 틀어 주면 문제없이 지나칠 수 있지만, 상대방은 진로를 바꾸지 않고 결국 서로 어깨가 부딪친다. 정면충돌은 아니라 해도 부딪치면 한순간 화가 나거나 불쾌할 때가 있다.

이런 경우 나는 반사적으로 '미안합니다'라고 말하지만 상대방은 아무 말 하지 않는다. 그러기는커녕 아무 일 없었다는 듯이 총총 사라진다. 길을 피해 준 나는 도무지 납득이 되지 않는다. '애써 피해 준 내가 사과하는데 저 사람은 왜 아무 말도 하지 않지?'라며 석연치 않은 마음을 갖게 되는 일이 종종 있다. 물론 상대방은 '사람이 이렇게 많으니 누군가와 부딪쳐도 어쩔 수 없잖아. 당신과 일부러 부딪친 것도 아닌데 뭐'라고 생각할 것이다. 부딪칠 때도 있고 그렇지 않고 무사히 넘어갈 때도 있다. 고의가 아니니 단순한 우연이나 불운에 지나지 않는 것일까.

운전을 하다가도 이와 비슷한 일이 벌어지곤 한다. 대형 사고일 때는 제쳐 두고 오가다 일어난 가벼운 접촉 사고로 티격태격하는 운전자 대부분이 서로 어쩔 수 없는 일이 아니냐고 주장한다. 지하철의 러시아워에 발을 밟고도 사과하지 않는 일이 있다.

사과의 말을 적게 하는 것과 더불어 또 하나 이상한 것은 '고맙습니다'라는 말을 아끼는 것이다. 즉 남에게서 조그마한 친절을 받아도 '고맙습니다', '땡큐', '고마워요', '수고했어요' 같은 말을 입 밖으로 내 감사의 표현을 하는 일이 적은 것 같다. 이에 대해 한국인 동료는 이렇게 설명해 주었다.

"우리는 보통 친한 친구가 조그마한 친절을 베풀었다고 해서 '고마워' 같은 말은 잘 안 해요. 상대방의 마음을 가슴속 깊이 새기고 평생 잊지 않겠지만 그때마다 일일이 말로 표현해 버리면 왠지 서먹한 느낌이 들어 싫어하죠. 친구라면 서로 도와주고 도움을 받는 것은 당연하거든요"

이러한 한국인의 '폐도 친절도 마찬가지'라는 심리는 영화나 드라마에서 흔히 볼 수 있다.

한국에서 일종의 사회 현상까지 일으킨 영화 「친구」(일본에서는 2002년 개봉) 중의 한 장면을 그 예로 들 수 있다. 주인공 준석이 선생님에게 대들다가 정학을 당했을 때 친구인 상택이 집에 찾아온다. 퇴학당할 뻔한 준석을 위로하기 위해서가 아니라 집에 모여 있는 여자 아이들이 목적이다.

준석은 상택에게 '내는 니가 한 번 올 줄 알았다. 여자 애들 말고 내 보러"라고 말한다. 상택이 "미안하다"라고 사과하자 "우린 친구 아이가. 친구끼리 미안한 기 어데 있노"라고 웃으며 대답한다.

똑같이 준석이 이른바 뒷골목의 보스가 되어 상택과 술을 마시는 장면에서 취한 상택이 설교하는 장면이 있다. 그후 "말이 과했다. 미안하다"라고 사과하지만, 여기서도 준석은 "친구 아이가. 친구끼리 미안한 거 없다"라고 한다.

영화 속에서뿐만 아니라 한국인이 짐짓 감사와 사과의 표현을 하지 않는 것은 동료가 설명해 준 것처럼 친밀함의 증거고, 오히려 거듭 감사와 사과를 하는 것은 서로의 사이에 아직 심리적 거리가 있음을 의미하는 것일 수 있다.

하지만 최근에는 일본인을 비롯한 외국인과의 교제가 늘고 있어 이에 대해 신경을 쓰는 사람이 많아지고 있다. 앞서 말한 동료가 이런 말을 했다.

"일본인 친구들은 사소한 일, 가령 소금을 집어만 주어도 고맙다고 하니까 나 역시 친한 사람에게도 열심히 고맙다는 말을 하려고 애쓰게 돼요. 그래서인지 가끔씩 나의 친절에 '고마워요'라고 말하지 않는 일본인을 만나면 오히려 일본인인데 이상한 사람이라는 생각까지 든다니까요"

두말할 나위 없겠지만 한국인도 정말로 상대방에게 신세를 지거나 폐를 끼쳤다고 느낄 때는 분명히 '고맙습니다', '신세졌습니다', '죄송합니다', '미안합니다', '실례했습니다' 등의 표현으로 마음을 나타낸다. 다만 표현의 빈도에서 일본인과 한국인 사이에는 차이가 있는 것은 명백한 사실이다.

어느 날 우연히 텔레비전에서 일본어를 전혀 모르는 젊은 탤런트가 일본에 갔을 때의 경험담을 이야기하며 이런 말을 했다.

"일본에서는 '스미마센(미안합니다)'이라는 말 하나만 외워두면 뭐든 할 수 있어요. 예를 들어 식당에 들어갔을 때 '스미마센' 하면 바로 메뉴판을 들고 오고, 그 메뉴에서 먹고 싶은 걸

가리키며 '스미마센' 하면 주문할 수 있거든요. 다 먹은 다음에는 계산서를 들고 카운터로 가서 '스미마센' 하면 내야 할 금액을 알려 줘요. 돈을 내며 '스미마센' 하면 거스름돈까지 정확하게 준다니까요"

이 말을 들은 사회자가 "네에, 일본에는 상당히 편리한 말이 있네요"라며 웃었다. 일본어를 모르는 한국인에게는 '스미마센'이 만능어처럼 여겨지는 모양이다. 나도 평소에는 아무렇지 않게 사용하고 있지만 듣고 보니 희한한 말이 아닐 수 없다며 감탄할 따름이다.

1. 일본어의 감사와 사과의 표현
ありがとうございます / サンキュー / どうも / お世話さま / すみません / ごめんなさい
2. 쓰임새가 많은 또 하나의 말 どうぞ
스미마센만큼이나 여러모로 쓰임새가 많은 말이 도조(どうぞ : 부디·어서·제발)다. 식사할 때 상대방에서 '도조' 하면 어서 먹으라는 뜻이 되고, 집에 찾아온 손님에게 현관에서 '도조' 하면 어서 들어오라는 뜻이 된다.

신세지곤 못살아

의뢰에 관한 사고와 그 표현 방식

"점심 값 사토 씨가 냈죠? 그럼 이건 내 거 4천 원이에요."

"택시비는 누가 냈죠? 다카하시 씨? 세 명이 7천 500원이니 2천 500원 내면 되죠."

"됐어요, 그 정도는."

"아니에요. 돈 계산은 정확하게 해야죠."

일본인 관광객이 호텔 로비에서 돈 계산에 여념이 없다. 친한 사이에도 지킬 건 지켜야 한다지만 일본인에게는 '친한 사이에도 계산은 깨끗하게'라는 무언의 규칙이 있다. 때로는 한턱내기도 하고 때로는 한턱 얻어먹기도 하지만, 일본에서 식당의 카운터에서 각자 자기가 먹은 만큼 돈을 내는 모습은 익숙한 광경이

26_제1부 말과 언어 행동

다. 이런 광경이 한국인의 눈에는 이상하게 비치는 모양인데, 이 일본적인 각자 부담 문화와 한국식 한턱 문화의 차이에 대해서는 뒤에서 다시 이야기하겠다.

일본인은 물건뿐 아니라 아무리 작은 액수라도 돈을 빌리게 되면 보통 '미안한데', '죄송하지만', '정말 송구스럽지만' 등과 같은 말을 먼저 한다. 그리고 '죄송합니다. 곧 돌려 드릴게요'라며 몇 번이고 머리를 조아린다. 친한 친구에게 주스 살 잔돈을 빌릴 때조차 '미안, 100엔만 빌려 줘. 내일 꼭 갚을게'라고 하고, 빌린 후에는 '진짜 내일 갚을게, 미안' 하고 거듭 다짐한다.

좀더 큰 액수의 돈을 꿀 경우에는 거의 빌다시피 할 정도다. 이를테면 돈을 꾸어야 할 상대방이 부모라 해도 선뜻 '아버지, 3만 엔만 빌려 주세요. 친구들이랑 스키장에 가려고요' 하는 말을 못한다. 아는 사람 중에는 대학 시절 부모님께 돈을 빌릴 바에야 아예 스키장에 가지 않았다는 사람이 있다. 요즘 대학생들은 신용카드를 가지고 있어 부모님께 부탁하기보다는 현금 서비스를 이용하고 나중에 아르바이트를 해서 갚는 유형이 많을지도 모르겠다.

그리고 빌려야 할 돈의 액수가 커지면 부탁하기가 훨씬 어려워진다. 그 때문에 형제, 친척, 친구에게 부탁하지 못해 결국 악덕 금융 회사에 걸려들어 개인 파산에 몰리는 사례가 꽤 많은 모양이다.

그런데 한국에서는 친구에게 어렵지 않게 돈을 빌리는 것 같다. 조금 친한 사이라면 일본처럼 연신 '미안한데', '미안해',

'미안하지만' 같은 말을 하지 않고도 수월하게 '돈 좀 꿔줘'라고 하는 것이다.

"친한 정도나 액수에 따라 다르겠지만, 만약 부탁 받고 빌려주지 않으면 쩨쩨하다는 말을 듣게 되고 그후 인간관계가 나빠지는 경우까지 있어요. 젊은 시절 데이트할 때는 친구한테 돈이나 옷을 빌리는 일은 그리 어려운 일이 아니었어요. 친구 집에서 잘 때는 칫솔을 빌려 쓸 때도 있었죠."

한국인 동료가 해준 이야기다.

칫솔은 그렇다 쳐도 돈이 필요할 때 친구나 친척에게 선뜻 빌려 달라고 말할 수 있는 것은 실로 한국적인 넉넉함이라고 생각한다. 사회 전체에 서로 폐를 끼치고 신세를 지기도 하며 도움을 주고받는 분위기가 있어서 돈을 빌리고 빌려 주는 것에 대해서 일본만큼 심리적 벽이 높지 않다.

그런 분위기가 사회 전반에 퍼져 있어 취업을 부탁할 때도 그후의 대응도 한국인과 일본인은 크게 다르다. 친척이나 은사에게 취직 자리 소개를 부탁할 때 일본인은 '송구합니다만', '죄송합니다만', '결코 폐가 될 일은 하지 않을 테니'라고 말하며 머리를 조아리며 부탁한다. 그리고 설사 소개받은 회사가 마음에 들지 않아도 소개한 사람의 체면을 생각하여 그냥 취직하는 경우는 흔하다. 간신히 거절했다고 하더라도 소개한 사람과 그쪽의 인간관계가 삐걱거리거나 은혜를 모르는 사람이라느니 차라리 부탁하지 않는 편이 나을 뻔했다는 이야기가 오간다.

그럼 한국인은 어떨까?

사정이 상당히 다르다. 나는 학생의 부탁을 받고 아는 사람에게 힘들게 일자리를 부탁한 경험이 여러 번 있는데, 채용이 결정된 후 더 좋은 일자리가 생겼다며 한마디로 거절한 학생이 몇몇 있었다. 그리고 어렵게 취업이 되고 난 뒤 말 한마디 없이 이내 그만두어 버린 학생도 있었다. 오해가 없도록 말해 두는데, 물론 이런 경우만 있는 것은 아니어서 소개해 준 내게 꼬박꼬박 인사하러 오는 제자가 훨씬 많다.

여기에서 하고자 하는 말은 폐를 끼치거나 수고해 준 것에 대해 일본인은 무슨 일이 있어도 이 이상 폐를 끼쳐서는 안 된다며 분발하지만, 한국인은 친한 사이에서는 신세를 질 때가 있는가 하면 반대로 도와줄 경우가 얼마든지 있다며 받아넘기는 경향이 있다는 것이다.

나는 처음에는 '정말 무책임하잖아. 억지까지 쓰며 어렵게 부탁했는데'라며 실망했었다. 그러나 곰곰이 생각해 보니 은사에게 부탁했다고 해서 자신에게 맞지 않는 회사에서 꾹 참고 일하는 것보다는 새로운 직장에서 원하는 일을 하는 편이 자신의 인생을 더욱 소중히 여기는 삶의 방식이 아닐까 하고 이해할 수 있었다. 그런 토양이 있기에 부탁하고 부탁을 들어주는 관계가 일본보다 솔직한 상태에서 그 기능을 발휘하고 있다고 할 수 있다.

내가 늘 이용하는 역의 매점 아주머니는 내 얼굴만 보면 늘 "이번엔 언제 일본에 가요? 가면 매실 장아찌 좀 사다 줘요"라고 한다. 몇 번이나 부탁을 받았지만 정말로 사온 적은 없다. 그래서 요즘에는 내가 먼저 "이번에는 꼭 사올게요"라고 말하게 되었는데, 아주머니는 그때마다 웃는 얼굴로 "아, 그래요 부탁해요"라고 한다.

한국에서는 이렇게 가볍게 부탁하고 상대방이 부탁을 꼭 들어주기를 원해서보다는 일종의 친숙함을 나타내는 것임을 알고는 한국 사회야말로 개인과 개인 사이가 참으로 넉넉한 사회임을 이해하게 되었다.

의뢰의 표현

悪いんだけど / 申しわけないですが / すみませんが / 恐れいりますが

'좀…', '빨리 말해'

거절 · 양해의 표현

일 전에 한국에 살고 있는 일본인 친구가 이런 이야기를 했다.

"우리 애가 다니는 유치원에서는 선생님이 아이들이 싫어할 소리를 하면 한국 아이들과 일본 아이들의 반응이 다르대. 예를 들어 아이들이 한창 놀고 있을 때 선생님이 '자, 이제 그만. 정리합시다'라고 하면 한국 아이들은 한 명 한 명이 따로따로 확실하게 '싫어요!'라고 대답하는데, 일본 아이들은 모두 소리 맞춰 '네?'라고 한대."

유치원생뿐 아니라 한국인은 상대방의 제안 · 권유 · 의뢰 · 명령에 대해 거절 · 양해의 언어 표현이 분명하다.

내 경험에 비추어 보아도 한국인은 안 되면 안 된다고 분명하게 말하는 경우가 많은 듯하다. 동료나 친구처럼 나이와 입장이 거의 비슷한 사람들뿐 아니라 학생들에게 뭔가 권유할 경우에도 거절의 뜻을 간단명료하게 표현한다.

"김○○ 씨, 괜찮으면 금요일 저녁에 함께 식사할래요?"

"금요일 말씀이세요? 힘들겠는데요. 그날은 친구랑 약속이 있어서 어렵겠어요. 죄송합니다."

이런 식이다.

선생님의 권유를 거절하며 죄송하다는 한마디를 덧붙이는 나름의 배려는 느끼지만 그래도 '힘들겠는데요', '못해요', '안 돼요'와 같은 직설적인 거절의 말을 들으면 나로서는 그만 풀이 죽어 버린다.

특히 한국에 갓 부임했을 때는 상당히 큰 충격이었다. '갑작스런 나의 권유가 거북했던 걸까? 내가 한국어를 제대로 못해서 같이 식사할 기분이 나지 않은 걸까? 아니면 친구와의 약속이 더 중요하다고 여길 만큼 선생인 나를 가볍게 보는 건 아닐까?' 하고 억측을 하며 우울해 했다.

한편 일본인의 경우 주저 없이 거절·양해의 표현을 하는 일은 피하는 편이다.

- 그런 일은 하고 싶지 않다.
- 상대방의 제안이나 의뢰를 실현시킬 수 없다.
- 사정이 있어 상대방의 기대에 부응할 수 없다.
- 마음이 내키지 않는다.

- 상대방의 제안 · 의뢰 · 일방적인 결정에 왠지 이의를 달고 싶다.

위와 같은 경우 '좀…', '하지만…', '음…' 하고 말꼬리를 흐리며 가급적 모호하게 거절의 뜻을 전한다. 게다가 왜 실현할 수 없는지, 왜 거절하는지에 대해 명확한 이유를 대지 않고 어물쩍 넘어가려고 한다.

회사에서 상사가 '오늘 한잔하러 가지'라고 제안했다고 하자. 부하 직원은 '저어, 오늘 밤은 좀…'이라며 말꼬리를 흐리면서 은근히 거절의 뜻을 나타낸다. 이에 상사는 '좀…, 이라니 가겠다는 거야, 안 가겠다는 거야?'라며 추궁하지 않고, '그렇다면 할 수 없지. 그럼 다음 기회에 마시자고'라며 선선히 물러선다.

또 집에서 아버지가 '주말에 드라이브라도 갈까?'라고 했을 때 어머니와 10대 자녀가 입을 모아 '네?'라고 했다면, 그것은 곧 거절의 표현이 된다. 굳이 싫다고 분명하게 말하지 않아도 가기 싫다는 의사는 전달된다.

정오 무렵에 방송되는 텔레비전의 오락 프로그램 「웃어도 되고말고!」에는 사회자가 그날의 초대 손님과 이야기를 나누는 코너가 있다. 대강 이야기가 마무리된 후 초대 손님에게 "그럼 친구를 소개해 주시겠어요?"라고 하면 방청석에서 "네?"라는 거절의 반응이 들려온다. 사실 이것은 방송 때마다 벌어지는 일종의 의식과 같은 상황으로, 그 이면에는 '이야기를 끝내지 말라. 더 듣고 싶다. 가지 말라'라는 메시지가 담겨 있다.

앞의 예들을 보면 일본어의 '그건 좀…', '네?', '하지만…' 등의 비완결 표현에는 다음과 같은 의미가 내포되어 있음을 짐작할 수 있을 것이다.

- '네?', '좀…', '하지만…' 같은 소극적인 거절의 표현만으로 자신의 의도를 상대방이 알아주기를 기대한다.
- '안 돼요', '싫어요' 같은 적극적인 거절의 표현은 호의를 나타낸 상대방의 기분을 상하게 하거나 실례다(혹은 실례가 될 듯하다).
- 그 결과 앞으로 상대방과 대화를 나눌 때 서로 어긋나게 된다(혹은 그렇게 될 것을 걱정한다).
- 거절당한 쪽은 상대방의 사정과 거절하는 이유를 헤아려 따지고 들어서는 안 된다. 이런 경우, 초대나 제안을 깨끗이 철회하는 것이 성인으로서의 에티켓이다.

하지만 한국인에게 모호한 이 표현들은 불가사의 그 이상인 모양이다. 일본에 유학 간 학생들에게 자주 듣는 이야기 가운데 이런 게 있다. 어지간히 친해졌다고 생각되는 일본인 친구에게 같이 밥 먹으러 가자거나 한국의 집에 놀러 오라고 초대하면 '음…, 좀…'이라는 대답을 듣는 경우가 많다는 것이다.

한국인은 '좀…'이라며 말꼬리를 흐리는 것에 '미안해. 힘들겠어'라는 거절의 뜻이 담겨 있다고는 생각지 못하고 뒷말을 계속 기다린다.

"무슨 일 있어요?"

"그러니까 좀….'"

"그래서 언제가 좋아요?"

"어, 그러니까 좀… (지금 거절하고 있잖아)."

"그러니까 좀…, 이라니 무슨 일이에요?"

이런 대화가 반복되는 상황이 연출되기도 한다.

일본어에 능통한 한국인이라도 이 '좀…'에는 적응하기 어려워한다. 얼마 전에 친구가 난감한 표정으로 이렇게 하소연했다.

"왜 일본인은 안 되면 안 된다고 분명하게 말하지 않아요? 일이 있어 못 갈 거 같다고 말해 주면 나도 이해할 텐데. 한두 번 거절당한다고 해서 상처 받거나 하지 않아요."

동료의 말에 따르면, 한국인은 흔히 선약이 있다거나 급한 일 혹은 해야 할 공부가 있다거나 제사가 있다는 이유로 거절한다고 한다. 가족이나 친척과의 교제를 소중하게 여기는 한국에서는 제사를 무척 중요시한다. 거절당하는 쪽도 '제사라니 어쩔 수 없네. 거절하는 게 당연하지'라며 두말없이 납득한다.

오랫동안 사회언어학을 연구해 온 나카하라 아쓰시는 미국인과 일본인의 거절에 관해 이렇게 말했다.

"미국인은 파티 초대를 거절할 때, 먼저 그 파티에 가고 싶다는 마음을 표현하거나 근사한 초대라고 말한 뒤 초대에 응할 수 없다는 뜻을 알리고 그 이유를 말하는 순서를 밟는다. 한편 일본인은 의사를 명확하게 드러내지 않고 적극적인 설명도 하지 않아 오해를 낳는 일이 있다. 또 일본인은 다른 일이 있다는 식으로 말하며 거절의 이유를 얼버무리는 경향이 있다."

또 어떤 연구자는 일본인은 먼저 초대해 주어서 고맙다고 인사한 후 거절에 해당하는 표현을 하는 일이 많으며, 한국인은 거절을 전제로 양해를 구한 뒤 다음에는 꼭 참석하겠다는 말을 덧붙이는 경향이 있다고 했다.

어쨌든 한국에서 살고 있는 나는 부득이하게 거절해야 할 경우에는 '좀…'이라는 말로 얼버무리기보다는 이유를 확실하게 설명하려고 애쓰고 있다.

> **거부 / 거절·양해의 표현**
> ちょっと… / でも… / うん… / うーん / えっ… / それは…

안녕하라고

안사 표현의 비교

일본어에서는 누군가를 만났을 때 하는 인사말이 시간대에 따라 다른데, 아침부터 오전 중 이른 시간에는 '오하요고자이마스'(간단히 줄여서 '오하요'라고도 한다), 정오 무렵부터 해질 무렵까지는 '콘니치와', 해질 무렵부터 밤 사이에는 '콤방와'라고 한다. 만약 같은 사람과 아침, 점심, 저녁 세 번 맞닥뜨리면 그때마다 일일이 '오하요', '콘니치와', '콤방와'라고 인사한다.

그런 습관이 한국인의 눈에는 기이하게 비치는 모양이다. 어쨌든 한국어는 하루 종일 시간에 상관없이 '안녕하세요'라는 한마디로 충분하다. 게다가 같은 사람을 하루에 몇 번씩 마주쳐도 처음 한 번만 제대로 인사말을 나누고, 그 뒤로는 가볍게 목례를 하거나 눈인사 정도로 끝낸다. 일본어처럼 시간대별로 인사가 바뀔 일이 없으니 만날 때마다 '안녕하세요'를 연발한다면 그것도 이상할 것이다.

이런 차이 때문에 한국 학생들은 지금이 어떤 인사말을 해야 할 때인지 헷갈려 한다. 그래서 "교수님, 지금은 '오하요고자이마스'가 맞나요? 아니면 '콘니치와'가 맞나요?"라는 질문을 자주 한다. 똑같이 '콘니치와'와 '콤방와'가 하루의 어느 시점에 적절한지 잘 모르겠다고 한다.

사실 일본인이라고 해서 '지금은 ○○시니까 '오하요'라고 해야지' 하고 시간을 정확하게 나누어 생각하는 것은 아니다. 지역, 환경, 상황에 따라서도 다르고 개인에 따라서도 달라 오전 열 시에 '오하요'와 '콘니치와'가 혼재하거나 오후 다섯 시에 '콘니치와'라고 하기도 하고 '콤방와'라고 하기도 한다. 매스컴이나 연예계처럼 하루 종일 어느 시간대에나 '오하요고자이마스'로 통하는 특이한 경우도 있다.

이는 어디까지나 개인적인 추론인데, 필시 많은 일본인이 상대방으로부터 '오하요고자이마스'라고 들으면 '오하요고자이마스'로, '콘니치와'에는 '콘니치와'로, '콤방와'에는 '콤방와'로 대답할 것이다. 어쨌든 시간대에 의해서라기보다 같은 인사말을 주고받음으로써 커뮤니케이션의 실마리를 만든다는 것이다.

그러고 보니 서울의 한 대학원에서 공부할 때 담당 교수님이 하신 말씀이 생각난다.

"영어의 good morning, good afternoon, good evening에는

각각 좋은 아침, 좋은 오후, 좋은 저녁이라는 의미가 있으며 한국어의 '안녕하세요'에는 '평안히 지내세요'라는 정확한 의미가 있다. 하지만 일본어 인사말은 단독으로 쓰이면 명확한 의미가 없다."

참고로 덧붙이자면 '오하요'는 오하야쿠(おはやく)의 음편이다. 헤이안 시대(794~1185) 후기의 무사들이 아침 훈련을 시작할 때 서로 '일찍 일어나신 것 같아 좋습니다(おはやく起きられたようで、ようございました)', '일찍 일어나셔서 연습에 기운이 넘치십니다(おはやく起きられて、稽古に精が出ますね)' 등으로 인사하던 것이 서민에게 널리 퍼지면서 점점 생략되어 갔다는 설이 있다.

'콘니치와'와 '콤방와'는 말 그대로 하자면 '오늘은(今日は)', '오늘 밤은(今晩は)'이라는 의미로, 그 뒤에는 '날씨가 좋네요', '비가 때맞추어 잘 오네요'와 같은 날씨 이야기가 이어졌다. 언제부터 이런 인사를 나누게 되었느냐에 관해서는 다양한 주장이 있는데, 일본인의 대다수가 농민이었던 시대에는 농작물의 작황을 좌우하는 날씨가 사람들의 최대 관심사였다. 그리고 이 인사말들도 점차 뒤가 생략되어 농사꾼이 아닌 사람들까지 널리 쓰는 말이 된 것 같다.

이처럼 원래 일본어의 인사말은 의미 있는 말을 수반하여 특정한 메시지를 전달했던 것들인데, 현대에는 앞부분만 남아 있어 단독으로는 어떤 메시지를 담고 있는지 파악하기 어려운 말이 된 것이다.

그러나 한국어 인사말에는 명확한 의미를 가지는 것이 많다. 다만 정중한 명령형인 것도 있어 일본어로 그대로 옮기면 다소 참견하는 것처럼 느껴지거나 생색을 내는 듯한 기분이 들기도 한다.

이를테면 친구 집에 식사 초대를 받았다가 돌아갈 때, 한국에서는 초대를 받았던 손님과 초대를 한 가족 사이에 서로 다른 인사말이 오간다. 손님은 보통 '안녕히 계세요'라고 하는데 여기에서 '계세요'는 '계시다'의 정중한 명령형이 된다. 그리고 배웅하는 가족이 손님에게 말하는 '안녕히 가세요'의 '가세요'도 역시 '가다'의 정중한 명령형이다.

그리고 어떤 문제가 발생했을 때 말하는 일본어의 '용서해 주세요(ご容赦ください)'라는 표현도 일본어에서는 '~테쿠다사이(~てください : ~해 주세요)'라는 의뢰의 표현 형태를 취하는 것에 반해, 한국어에서는 '용서하다'의 정중한 명령형인 '용서하십시오'라고 한다. 이렇듯 한국어 인사말은 대부분 정중한 명령형이나 실제로 상대방에게 명령하는 것은 아니다.

한국어와 일본어 인사 표현 사이에서 차이를 느낄 수 있는 것은 몇 가지 더 있다.

일본에서는 아이든 노인이든 식사를 시작하며 항상 '이타다키마스(잘 먹겠습니다)'라고 하는데, 이 말에는 코진(荒神 : 부엌에 있는 조왕신)과 오곡 풍양의 신, 농부, 어부, 부모, 그리고 음식을 만든 사람에게 '(덕분에) 먹습니다'라고 인사하는 뉘앙스가 담겨 있다. 그에 비해 한국어의 '잘 먹겠습니다'라는 말에는 주체적이며 직접적인 의미가 있는 것 같다.

'이타다키마스'와 마찬가지로 식사를 마친 후 반드시 하는 '고치소사마데시타(잘 먹었습니다)'에는 식사를 대접한 상대방에게 보답하기 위한 타자 본위의 표현인 데 비해, 한국어의 '잘 먹었습니다'는 자신의 행위와 상태를 적극적으로 나타내는 표현이다.

또 상대방을 위로하는 한국어는 '수고 많이 하셨습니다'인데, 이를 고스란히 일본어로 바꾸면 '수고'는 '쿠로(苦勞)'가, '많이'는 '오키나카즈(大きな數)'가 된다. 하지만 '수고 많이 하셨습니다'에 해당하는 일본어 표현은 '고쿠로사마데시타(ご苦勞樣でした)'인데, 이때 앞에는 타이헹(たいへん : 대단히), 즈이분토(ずいぶんと : 상당히), 히조니(非常に : 매우), 스고쿠(すごく : 엄청), 토테모(とても : 아주) 따위의 정도를 나타내는 부사를 붙인다. 이에 반해 한국어에서는 수량을 나타내는 부사 '많이'를 붙인다.

지금까지 이야기했듯 두 나라의 인사말은 거기에 담긴 뜻도 표현 방법도 그것을 주고받는 격식도 다르다. 그러나 인사를 중시하는 마음과 사고방식만은 공통되며, 인사를 제대로 할 줄 모르는 사람은 원만한 인간관계를 갖기 어렵다는 사실은 똑같을 것이다.

외삼촌이야, 큰아버지야?

호칭의 차이

한국의 어느 대학에서 일본어학 교수로 재직하고 있는 친구가 한국어를 본격적으로 배우기로 작정하고 국어국문학과에 대학원생으로 입학했다(편의상 그 친구의 이름을 '스즈키 하나코'라고 하자).

그곳의 지도 교수인 A교수와 스즈키는 원래 안면이 있는 사이였다. 두 사람은 전공이 한국어와 일본어라는 차이는 있지만, 넓은 의미에서 보면 같은 분야인 어학 교육을 연구하고 있어 학회 등에서 이따금 얼굴을 마주칠 기회가 있었던 것이다. 당연히 그런 자리에서 만나면 서로를 'A교수님', '스즈키 교수님'이라고 불렀다. 그런데 스즈키 하나코가 대학원에 들어간 뒤 자신의 지도 학생이 된 사실을 알게 되고부터 A교수는 학교에서 그녀를 '하나코'라고 불렀다.

이 경우, 다른 학생들과의 관계도 있어 종래와 같이 '스즈키 교수님'이라고 부르기 곤란할 수 있다. 그런 사정을 이해 못하는 것은 아니나 그녀는 느닷없이 하나코로 불리니 거부감을 느끼지 않을 수 없었다.

'아무리 사제지간이 되었어도 하나코는 아니지. 하다못해 스즈키 씨 정도로는 불러 줘야 하는 거 아니야?'

그런데 이런 그녀의 거부감이 더욱 거세진 것은 그녀가 어학 교육 관련 학회에 교수라는 본연의 모습으로 참석했을 때다. A교수는 주위에 다른 교수들도 여럿 있는 자리에서 전처럼 동료 교수가 아닌 지도 학생 신분일 때의 호칭으로, "하나코, 언제 왔어?"라고 하는 게 아닌가. 스즈키는 그 자리에 A교수의 지도 학생으로서가 아니라 A교수와 동등한 대학의 교직원으로서 있었던 것이다. 약간 불쾌한 기분 속에서, 그녀는 '혹시 다른 사람들이 A교수와 내가 특별한 사이라고 오해하지는 않을까?' 하는 불안감마저 느꼈다고 한다.

이러한 예는 한국에서도 지극히 드문 일이라고 생각하는데, 일본에서는 일반적으로 지도 교수가 학생을 부를 때 성이나 이름만 부르는 일은 거의 없다. 대개는 성에 상(さん : 씨)이나 군(君 : 군)을 붙이며, 같은 성을 가진 학생이 여러 명일 때는 이름에 상이나 군을 붙여 부른다. 이따금씩 남학생을 성으로만 부르는 남자 교수가 있기는 하지만, 여학생을 이름으로 부르는 일은 없다.

필시 A교수는 서양인들이 스승과 제자 사이에도 '톰', '메리'라고 부르듯 하나코라고 불렀을 것이다. 스즈키 또한 교수라는 본직이 없었다면 그렇게까지 거부감을 느끼지 않았을지도 모를 일이다. 다만 가족이나 친한 친구가 아닌 남성이 자신을 성없이 이름으로만 불렀다는 사실을 도저히 받아들일 수 없었던 것 같다.

나는 학교에서 학생들을 부를 때 남녀 모두 상을 붙여 부르는 편이다. 같은 성을 가진 학생이 많다는 어려움이 있지만 말이다.

한국인의 성씨는 286개(2002년 조사)로, 약 30만 개에 이르는 일본인의 성씨에 비하면 훨씬 적다. 10대 성씨라는 김 · 이 · 박 · 최 · 정 · 강 · 조 · 윤 · 장 · 임이 한국인의 약 85퍼센트를 차지하고 있으니 한 반에 김 씨나 이 씨 성을 가진 학생이 여러 명인 경우는 흔하디흔한 일이다. 그래서 이런 경우에는 편의상 '수진 상', '현수 상', '상혁 상' 하며 이름을 이용한다.

몇 년 전 어느 일본어반에 김 씨 학생이 다섯 명이나 있어 네 명은 이름+상으로 부르고 나머지 한 명의 여학생을 성+상으로, 즉 김상으로 불렀던 적이 있다. 나로서는 그렇게 정한 데 별다른 의도가 있었던 것은 아니며, 제자들에게는 가급적 성에 상을 붙이도록 가르치고 있었다.

그런데 학교를 졸업한 그 여학생 제자와 다시 만났을 때 "저만 이름이 아닌 성으로 부르셔서 섭섭했어요"라며 속내를 털어놓았다. 결코 그 학생을 냉담하게 대할 의도가 없었을 뿐 아니

라 모두와 친하게 지냈는데, 그렇게 느꼈다니 새삼 미안할 따름
이었다.

앞에서 이야기한 두 예에서 이름이 불려 거부감을 느낀 일본
인과 이름을 불러 주지 않아 섭섭함을 느낀 한국인을 볼 수 있
다. 물론 친구 스즈키 하나코와 내가 김상이라고 부르던 제자는
상황과 입장이 다르지만, 한국과 일본은 호칭 하나에도 미묘한
인식의 차이가 있다고 생각하게 되었다.

그렇다면 한국과 일본, 두 나라의 학생들은 친구 사이에서 서
로를 어떻게 부를까? 물론 크게 다르다.

한국에서는 여자 선배를 부를 때 여자 후배는 '언니'라고 하
고, 남자 후배는 '누나'라고 한다. 모두 일본어로는 네상(姉さ
ん)에 해당한다. 또 남자의 경우 여자 후배로부터는 '오빠'로,
남자 후배로부터는 '형'으로 불린다. 이는 모두 니상(兄さん)에
해당한다. 심지어 대학원에서 연구 발표를 할 때조차 '조금 전
○○언니가 말한 대로'라고 할 때가 있다. 언니/누나·오빠/
형은 형제 사이에서 사용하는 호칭으로, 그 호칭이 나이 차이
가 있는 사람들의 관계에서 확대 적용되고 있는 것이다.

공식적인 자리에서는 이러한 호칭을 쓰지 않지만, 일상생활
에서는 친한 선배에게 당연한 듯 사용한다. 일본인의 눈으로 보
면 일일이 구분하는 것이 번거로워 보이기도 하나 익숙해지면
한국어 특유의 가족적이고 따뜻한 분위기가 전해져 제법 좋다.

일본에서는 2001년에 상영되었던 「공동경비구역 JSA」는 나
이 차이가 나는 남성 사이에 '형'이라고 부르는 것이 특히 인상

깊었던 영화다. 판문점의 공동경비구역이 무대가 되어 한국군과 북한군이 서로에게 마음을 열지만 결국 분단의 벽에 막혀 좌절된다는 내용이다. 이 영화에서 이병헌이 연기한 한국군 병사 이수현과 송강호가 연기한 북한군 오경필 두 사람은, "형이라고 불러도 돼요?", "여기서는 모두 동지라고 부르니 형이라고 해주면 기쁘겠구나"라는 내용의 편지를 주고받는다. 둘은 새벽을 틈타 자주 만나면서 수혁은 경필을 형으로 부르며 가까워진다. 이 일련의 에피소드는 단순한 친구 관계, 선후배 관계를 뛰어넘는 따스함을 느끼게 하는 장면으로 구성되어 있다.

그런데 일본보다 한국의 가족간 호칭이 편리한 점은 부계인지 모계인지, 기혼인지 미혼인지, 연상인지 연하인지 등에 따라 이모/고모(부계와 모계의 예), 도련님/서방님(미혼과 기혼의 예), 형수/제수(손위와 손아래의 예) 등으로 확실하게 구분하여 부른다는 것이다. 앞에 예로 든 언니와 누나, 오빠와 형처럼 부르는 사람이 남성이냐 여성이냐에 따라 호칭이 달라지는 경우도 있다.

그러나 일본에서 성별에 따른 구분도, 부계와 모계에 따른 구분도, 기혼과 미혼에 따른 구분도 없다. 이를테면 오빠든 형이든 오니상이면 끝이고, 이모든 고모든 심지어 외숙모든 큰어머니든 오바상이면 끝이다. 그래서 '오지상 댁에 간다'고 하면 외삼촌 댁인지 큰아버지 댁인지, 큰아버지 댁인지 작은아버지 댁인지 도무지 그 관계를 짐작할 수가 없다. 반면 한국어에서는 '큰아버지 댁에 간다'고 하면 '아버지의 형의 집'이라는 사실을 금세 알 수 있는 것이다.

한국에 이렇게 친족의 호칭이 세분화되어 있는 것은 아무래도 유교 문화가 깊이 뿌리내려 있었기 때문이 아닐까.

일본어에서의 호칭

한국어에서는 형제 또는 자매, 형 또는 오빠처럼 성별을 구분하여 부르는 호칭이 있으며, 일본어에서도 형제는 쿄다이(きょうだい)라고 하며 자매는 시마이(しまい)라고 한다. 다만 똑같이 쿄다이라고 하더라도 한자로 쓸 때 兄弟, 兄妹, 姉妹로 표현하여 성별을 구분한다. 또 한국어에서는 큰어머니 또는 작은어머니 식으로 서열을 구분하여 부르나, 일본어에서는 모두 오바상 하나로 불린다. 그러나 이 역시 발음은 똑같더라도 한자 표기를 伯母, 叔母로 달리한다.

'음', '알아, 알아!', 'I see'

되풀이 · 환언 · 말 가로채기의 세 가지 화술

아무리 얼굴색이 다르고 사용하는 말이 달라도 마음이 맞는 친구와 연인, 가족과 이야기를 나누는 것이 즐겁기는 누구에게나 똑같을 것이다.

한번은 일본에서 친구가 찾아왔기에 맛있다고 소문난 불고기집으로 안내해 모처럼 음식과 이야기를 마음껏 즐겼다. 그때 문득 한국인과 일본인은 대화할 때 내뱉는 단어의 수부터가 다른 것 같다는 생각이 들었다.

가령 일본인들의 대화에서는 한쪽이 말하는 동안 다른 한쪽은 '뭐?', '그랬구나', '그렇네', '응', '그래?', '음' 등의 말을 한다. 또는 이야기가 일단락될 때까지 별말 없이 고개를 끄덕이는 모습을 흔히 볼 수 있다. 물론 때로는 '그거 이런 거지?', '알아, 알아! 나도 그랬어'처럼 상대방의 말을 미리 추측하여 말하거나 말을 이어받는 경우가 있기는 하지만, 짧은 호응의 말을 하거나 고개를 끄덕이는 정도의 반응을 보이는 것이 일반적인 일본인의 모습이다.

한편 한국인은 이야기하는 쪽도 적극적이지만 듣는 쪽도 빈틈을 두지 않고 적극적으로 말을 받는다. 이때 상대방이 한 말의 되풀이, 말한 내용을 다른 표현으로 바꾸는 환언, 상대방의 말을 예측하여 먼저 하는 말 가로채기의 화술을 쓰는 일이 많다. 그 때문에 한국인의 대화는 일본인의 대화에 비해 말수가 압도적으로 많을 수밖에 없다. 대화를 나눌 때 맞장구를 치고 고개를 끄덕이는 것이 주가 되는 일본인의 화법과 비교하면 '대화의 캐치볼'을 훨씬 뛰어넘는 '대화의 피구'와 같은 느낌을 받는다.

심리 카운슬러 무토 세이에이는 대화에 활기를 불어넣기 위한 듣는 사람의 태도로서 ①끄덕임, ②호응, ③상대방의 말을 반복하는 되풀이(또는 환언)가 중요하다고 지적하고 있다. 이 세 가지 태도 가운데 일본인은 ①과 ②가, 한국인은 ③이 우세하다고 할 수 있다.

한국의 사회언어학자가 실시한 앙케트 조사에서도 한국인은 되풀이·환언·말 가로채기의 빈도가 일본인보다 높다는 결과가 나왔다.

일본인은 어려서부터 남의 이야기를 조용히 듣도록 하는 교육을 받으며 성장하고 사회에 나가서는 자기주장이 강하면 주위에서 환영받지 못하는 분위기 속에서 살아간다. 한국에서도 물론 다른 사람의 말에 귀 기울이고 경청하라는 교육을 한다. 그러나 사회에 나가면 자기주장에 서툰 사람보다는 당당하게 자기주장을 할 줄 아는 사람이 대접 받는 분위기가 형성되어 있다. 아무튼 거리에서든 학교에서든 많은 말을 주고받으며 대화를 즐기는 사람들의 모습은 보는 사람까지 유쾌한 기분이 되기도 한다.

그런 한편 같은 조사에 따르면 말 가로채기를 많이 하는 것은 한국과 일본 두 나라 모두 '재촉하는 느낌을 주어 그다지 기분이 좋지 않다', '손아랫사람이 말을 가로채면 무례한 기분이 든다' 같은 부정적인 이미지를 준다고 한다.

사실 한국에서도 이야기하는 상대방이 손윗사람이거나 회의, 학회, 토론회 같은 공식적인 자리라면 말 가로채기는 예의에 어긋나는 태도로 여겨진다. TPO(때·장소·경우)를 구분하여 말하고 들어야 하는 것은 두 나라 모두 같으며, 지나친 말 가로채기에는 주의가 필요하겠다.

그러나 친한 친구끼리의 대화에서 상대방이 자신의 의도를 재빨리 알아채고 '알았어! ~라고 하고 싶은 거지? 그건 ○○인 거지?'라고 말해 주면 자기가 하려는 말과 심정을 이해받는 듯해 무심결에 기분이 좋아지는 것 또한 양국이 같을 것이다. 시도 때도 없이 말을 가로채는 것은 좋지 않지만, 때로는 그 덕분에 대화에 생기가 살아나는 경우가 있다.

참고로 말하자면, 영어권의 경우 상대방이 이야기하는 도중에 끼어드는 일이 좀처럼 없는 것 같다. 상대방의 말이 끝나기를 기다려 'yes(네)', 'no(아니오)', 'I see(알았어요)', 'I don't think so(그렇지 않아요)'와 같은 대답을 한다.

그에 비해 한국어와 일본어의 언어적 구성은 말하는 사람과 듣는 사람이 하나의 이야기를 공유하고 발전시켜 나가기 쉽다는 특징이 있다.

말 가로채기가 나와서 떠오른 일인데, 한번은 이런 경우가 있었다. 김○○ 간호사와 박○○ 간호사, 나, 이렇게 세 명이 이야기를 하던 중 김 간호사가 일본의 병원으로 연수를 가게 되었다는 이야기를 꺼냈다.

그래서 내가 별 뜻 없이 "6개월이나 가 있으면 남자 친구가 외로워하겠어요"라고 했더니 당사자가 아닌 박 간호사가 말을 가로채 이렇게 단정적으로 말했다.

"애는 내과 간호사 중에서 제일 나이가 많은데 남자 친구가 없어요. 나이가 많아 이제 결혼도 못해요."

좀 당황한 내가 "네? 그럴 리가요. 김○○ 씨는 명랑하고 늘 웃는 얼굴에…" 하고 말을 이으니 박 간호사가 또다시 끼어들었다.

"애는 얼굴도 별로고 성격도 안 좋으니 결혼하기 힘들어요."

아무리 친한 사이라도 말을 가로채면서까지 이런 말을 하면 김 간호사가 상처 받을 거라고 걱정했지만, 그녀는 키득키득 웃으며 대꾸했다.

"정말 그래요. 정말 결혼 못할지도 몰라요!"

'이 예로 모든 것을 판단할 수는 없지만, 한국에서는 친한 사이에 대화가 어디까지 허용되는 것일까?' 하는 생각을 하며 나는 눈을 껌뻑거릴 따름이었다.

되풀이 · 환언 · 말 가로채기의 표현
へえ / そうなんだ / なるほどね / うん, うん / そうなの / ふーん / ふうん / そうか

말없는 수다

대화 중의 호응 비교

앞에서 이야기했지만, 대화에 관한 두 나라의 이야기를 좀더 해보자. 넓은 의미에서 보면 상대방의 이야기에 대한 호응에는 다음의 세 가지가 있다.

① '네', '응', '그래?', '뭐!?', '그렇군'처럼 장단을 맞추는 짧은 말
② 앞에서 설명한 반복과 환언
③ 화자의 호흡에 맞춘 끄덕임

①과 ②는 언어적 커뮤니케이션, ③은 비언어적 커뮤니케이션으로 분류할 수 있다.

①에 관해서는 우스갯소리가 있는데, 일본인이 외국에 갔을 때 늘 하던 대로 '네', '응'이라고 하며 호응할 생각으로 'yes'를 연발했다가 상대방이 곧이곧대로 긍정과 동의로 받아들이는 바람에 낭패를 보거나 문제가 발생하는 일이 적지 않다.

관심을 갖고 이야기를 듣고 있다거나 상대방 이야기의 내용을 파악하고 있다는 언어적 사인으로는 흔히 생각하듯 yes가 아니라 'uh-ha' 또는 'uh-huh'라고 해야 한다. 거기에는 동의·긍정의 의미가 다소 포함되어 있기는 하지만, '제대로 듣고 있으니 계속 말씀하세요'라는 중의적 뉘앙스가 상당히 강하다.

그렇게 보면 영어의 yes(긍정·동의의 표현)에 해당하는 한국어 '네'는 맞장구의 상황에서 yes보다 일본어의 はい(네)와 아주 흡사한 뉘앙스로 쓰인다. 상대방이 말하는 내용을 잘 알겠다는 뜻을 전할 때, 일본어에서 '하이, 하이(はい、はい)'라고 맞장구치는 것처럼 '네, 네' 하며 되풀이한다.

다만 맞장구의 횟수에는 조금 차이가 있다. 일본인은 상당히 자주 '그래요?', '네, 네', '응' 같은 짧은 맞장구의 말을 대화 중에 끼워 넣는데 한국인은 그렇게까지 많이 하지는 않는다. 오히려 한국인은 그리 길지 않은 이야기를 들으며 세 번이고 네 번이고 계속해서 '네, 그래요?' 하고 맞장구를 치는 일본인의 대화를 이상하게 여기는 모양이다.

특히 두 나라 사이에 확연한 차이는 ③의 고개를 끄덕이는 비언어적 행동이다. 고개를 끄덕일 때 '응, 응', '그래, 뭐!' 등의 말을 수반하는 경우도 있고 말없이 고개만 끄덕이는 경우도 있다. 나는 재미있는 이야기나 흥미 있는 화제를 접하면 열심히 고개를 끄덕이는 편이라 고개가 아플 때마저 있다.

상대방의 이야기에 제대로 끄덕이면 화자의 말수가 늘어난다는 심리학자 마타라초의 실험 결과가 있다. 그 실험에서는 경찰관과 소방관의 채용 시험을 치르러 온 사람을 대상으로 각각 45분의 면접을 실시했다. 그때 면접 시간 중 15분간은 면접관으로 하여금 지망자의 이야기에 고개를 끄덕이게 했더니 말수가 50퍼센트나 증가했다. 반대로 45분 내내 고개를 끄덕이지 않았을 때는 지망자가 신이 나서 말하는 현상을 볼 수 없었다.

이 실험으로 면접관이 아무 반응 없이 딱딱한 태도로 이야기를 듣기보다는 반응을 보인 쪽이 피면접관의 상대방에게 인정받고 싶다는 욕구, 즉 승인 욕구가 충족되어 이야기에 더욱 활기를 띠게 된다는 사실을 알 수 있다.

그런데 끊임없이 고개를 끄덕이는 것이 과연 좋은 행동인지는 문화에 따라 인식이 다르다. 한국인은 지나치게 맞장구치는 사람에 대해서는 경솔한 성격이라고 간주하여 평가가 좋지 않다. 또 한국에서는 고개를 끄덕이며 맞장구를 쳐도 좋은 상대와 그렇게 해서는 안 되는 상대가 있다. 연장자의 이야기를 들을 때는 약간 눈을 내리뜬 채 잠자코 이야기를 듣는 것이 예의다. 이야기가 공적인 내용일수록 고개를 끄덕이거나 맞장구를 치는 행동을 삼가고 경청하는 것이 에티켓이다.

영화나 드라마를 통해 본 사람도 있겠지만, 일본 역시 옛날 무가 사회에서는 신분이 높은 사람이나 연장자의 이야기를 들을 때는 납작 엎드린 상태에서 잠자코 듣는 것이 당연했다. 하지만 현재는 손윗사람의 이야기를 진지하게 들을 때 조용히 고개를 끄덕이는 정도의 반응을 보이지 않으면 오히려 성의 없게 듣는다는 오해를 사거나 핀잔을 받을 수 있다. 오히려 '네. 말씀하신 대로입니다' 등의 말을 간간이 하면서 여유 있고 정중하게 고개를 끄덕이는 것이 예의에 맞다(물론 상황에 따라 다르지만 말이다).

이러한 일본식 맞장구가 몸에 밴 나로서는 한국에 와서도 대화 상대를 막론하고 고개를 끄덕이며 맞장구치는 것을 대화의 에티켓으로 여기고 있었다. 그런 내가 혹시 상당히 가벼운 사람으로 보이지나 않았을지 식은땀이 난다.

또한 한국의 경우는 동성보다 이성의 이야기를 들을 때 맞장구의 말·고개의 끄덕임의 빈도가 줄어들며, 친한 동성 친구라면 고개를 크게 끄덕이거나 '그래. 맞아, 맞아' 같은 말을 넣어가며 되풀이·환언·말 가로채기 등의 화법을 구사한다. 광범위한 말이지만 이렇듯 친근함의 정도, 상하 관계, 상대방의 성별, 이야기 내용, 상황에 따라 반응을 달리한다.

맞장구의 말도 고개의 끄덕임도 커뮤니케이션의 윤활유로서 빼놓을 수 없는 요소라는 것은 말할 나위 없는 사실이다. 한국이나 일본이나 그 문화와 언어 습관에 맞게 호응한다면 분명 대화는 한층 즐거워지고 이해가 깊어질 것이다.

한마디 덧붙이자면, 언어학적으로 볼 때 중국인 또한 대화 중에 비교적 많이 맞장구를 치고 고개를 끄덕인다고 한다. 그래서 중국인 유학생에게 상대방이 손윗사람인 경우에도 호응을 잘 하느냐고 물었더니 이런 대답이 돌아왔다.

"저희들도 대화를 즐겁게 하기 위해서 호응의 말을 넣거나 적당히 고개를 끄덕이기는 하지만, 교수님만큼 많이 하지는 않아요."

그때만큼은 '목이 아플 성도로 고개를 끄덕이는 건 그만두는 게 좋겠어'라고 생각하며 쓴웃음을 지을 수밖에 없었다.

'부담 없이 들러 주세요', '정말이야?'

겉치레 말의 표면상 뜻과 속뜻

일 때문에 한림대학교가 있는 춘천을 떠나 서울로 잠시 주거지를 옮긴 일이 있다. 어느 날 친하게 지내는 한국인 B교수와 조교, 학생과 어울려 잡담을 나누다 나의 이사가 화제에 올랐다.

"이번 집은 B교수님 댁에서 30분도 안 걸리니 다음에 부인이랑 같이 놀러 오세요. 여러분도 꼭요."

그러자 B교수는 약간 짓궂은 표정을 지으며 내 말에 찬물을 끼얹는 것이었다.

"모두들 알고 있겠지? 일본 사람이 초대했다고 진짜로 찾아가선 안 되는 걸…."

에누리 없는 본심에서 초대했던 나는 안타까운 마음에서 거듭 다짐하듯 말했다.

"네? 진심이라니까요. 정말로 오세요"

B교수는 또래이어서인지 평소에도 서로 하고 싶은 말은 할 만큼 동료라기보다 친구에 가까운 사이여서 망설임 없이 그렇게 말했을 것이다.

그래서 나도 화를 내지는 않았다. 화를 내기는커녕 진심으로 와주기 바란다며 재차 열을 내며 말했고, "그럼 사이토 교수님의 말은 빈말이 아닌 걸로 알겠어요"라며 모두들 내 진심을 이해하는 듯했다.

하지만 곰곰이 생각해 보면 B교수의 지적은 B교수 개인의 인식이라기보다는 일본인에 대해 한국인이 일반적으로 지닌 본심인 것 같다.

예전에 일본으로 유학 갔던 K에게서 들었던 경험담 중 비슷한 것이 있었다. 여느 때 친하게 지내던 일본인 친구가 이사했다는 내용의 엽서를 보내왔는데, 자기가 이사한 동네 근처에 올 일이 있으면 부담 없이 한번 들르라는 말이 있었다. 그래서 K는 볼일이 있어 근처에 간 길에 정말 그 일본인 친구의 집에 갔더니 갑자기 웬일이냐며 놀라더라는 것이었다. K는 오라기에 갔더니 난처한 표정을 지으며 자신을 맞는 친구의 태도에 상처를 받았으며, 차라리 가지 말 것을 괜히 갔다는 후회에 서글픔마저 느꼈었다고 털어놓았다.

나는 학생들로부터 "일본 사람에게서 초대를 받아도 진짜로 가면 안 된다는 게 사실이에요?"라는 질문을 종종 받는다.

일본적인 관습에서 볼 때 이사나 결혼을 알리는 엽서에 쓰여 있는 문구는 일면 겉치레 인사말에 지나지 않는 부분이 있다. 반쯤은 상투적으로 쓰기에 정말로 오리라고는 생각지 않는다. 솔직하게 본심을 말한다면 누구나 아무 때나 와주기 바라는 것은 아니다.

반면에 정말로 오지 말았으면 하는 상대방에게는 인사치레로라도 '다음에 놀러 오세요'라는 말을 하지 않는다. K의 경우도 미리 연락하고 형편이 좋은 날짜를 잡은 후 찾아갔다면 분명히 환영받았을 것이다.

보통 일본인은 누군가를 집으로 초대할 때 실례가 되지 않게 대접하려고 청소며 식사 등을 준비하는 데 꽤 시간을 들인다. 늘 오가는 친구나 연인 사이라면 '방이 지저분해도 참아', '아무 준비도 못 했어' 하고 끝내지만, 처음 방문하는 손님이나 가끔 오는 상대방에게는 남에게 보여도 흠 잡히지 않을 만큼 치우고 준비해 두고 싶은 마음인 것이다.

일본인끼리는 '부담 없이 한번 들르세요'라는 말을 들었더라도 초대받은 쪽 역시 그 뒤에 숨겨진 뜻을 알고 있으니 마침 그 집 근처까지 갔어도 들르지 않거나 정말로 방문하고 싶을 때는 며칠 전에 미리 연락을 취한다. 이런 미묘한 속사정을 모르는 외국인의 입장에서 보면, 겉으로는 부담 없이 오라고 하고 속으로는 미리 연락해 주기 바라는 일본인의 모습에서 모순을 느끼는 것이 무리는 아니다.

언젠가 미국인 친구 집을 방문했을 때 거실, 부엌, 정원은 물론 침실, 욕실에 놓인 수건까지 보여 주는 게 무척 인상적이었다. 서구인은 대체로 손님을 초대하고 자신의 취향대로 꾸민 집을 보여 주기를 좋아한다.

실은 한국인에게는 그런 점에서는 서양식 사고에 가까운 사람이 많다. 한국인 친구 집에 놀러 갔다 늦게까지 이야기에 빠지거나 하여 불가피하게 하룻밤 묵어야 할 경우가 가끔 있다. 이런 날에는 정성이 듬뿍 담긴 음식을 먹으며 이야기꽃을 피운다. 즐거운 시간을 공유하는 것 자체가 그 어떤 것보다 따뜻한 대접이라고 생각한다. 그 때문에 돌아올 때 친구가 또 놀러 오라고 하는 말이 단순히 인사치레를 하기 위한 빈말이 아니라 그러기를 바라는 진심이 느껴진다.

일본인의 '부담 없는' 초대를 액면 그대로 믿었다가 낭패를 맛본 경험이 있는 사람은 다음과 같은 시각으로 이해해 보면 어떨까?

"영국인과 일본인은 참 비슷한 면이 있어요. 처음에는 거리를 두지만 시간을 들여 사이가 좋아지면 정말 따스하게 대하지요. 전에 영국인 친구 집에 묵었던 경험이 있는데, 그 집 안주인은 내가 언제 일어나도 막 차린 음식을 먹을 수 있도록 매일 아침 일찍 일어나 부엌에 준비해 두는 거였어요. 게다가 그런 일을 당연하게 여기는 것 같았죠. 일본인도 그렇지 않을까요? 미국 사람들처럼 자기 좋을 때 일어나 냉장고 문 열고 마음대로 먹으라는 스타일과는 상당히 다르죠."

손님을 맞는 스타일에도 나라나 집안에 따라 차이는 있다.

하지만 멋진 친구를 초대해서 함께 즐거운 시간을 보내고 싶은 마음 그 자체는 필시 어느 나라, 어느 가정이든 다르지 않을 것이다.

일본인의 다테마에와 혼네

흔히 일본인은 좀처럼 속내를 드러내지 않을 뿐 아니라 그 말이 인사치레의 말인지 진심인지를 알 수 없다는 말을 많이 한다. 이럴 때마다 예를 드는 것이 다테마에(建前)와 혼네(本音)며, 때로는 이 두 단어가 일본인의 특성을 대변해 주는 말로 다루어지기도 한다. 이 두 단어의 사전적 의미를 찾아보면 다테마에는 '(표면상의) 방침'이고, 혼네는 '본심에서 우러나온 말'이다. 일본인이 하는 말을 듣고 다테마에인지, 혼네인지를 제대로 구분하게 된다면 그야말로 완벽한 일본통이 되었다고 할 수 있을 것이다.

02

행동 · 動

내 것은 네 것, 네 것은 내 것
왜 자꾸 다가오지?
친절의 두 얼굴
말 안 해도 알지?
엄숙했던 세미나
밥에 국을 부을까, 국에 밥을 부을까

내 것은 네 것, 네 것은 내 것

자기 영역에 대한 감각

흔히 먹을 것과 관련된 섭섭함은 쉽게 잊을 수 없다는 말을 하는데, 이 때문에 학생 기숙사에서 사소한 소동이 벌어졌다. 한국에 유학 온 야마나카 군과 룸메이트인 박 군이 냉장고에 넣어 둔 디저트를 두고 치고받기 직전까지 싸운 것이다.

소동의 발단은 야마나카 군이 사온 작은 푸딩이었다. 부모님이 보내 주는 돈으로 근근이 생활하고 있는 야마나카 군에게 시험 후에 먹는 푸딩은 작은 사치이자 만찬이다. 돈이 더 있으면 룸메이트인 박 군의 것도 샀겠지만 마침 비싼 사전을 사버린 직후여서 지갑이 꽤 얇아져 있었다. 그래서 야마나카 군은 대수롭지 않게 생각하고 자기 것만 사서 냉장고에 넣어 두었다. 이튿

날 시험을 치르고 돌아와 보니 잔뜩 기대하고 있던 푸딩은 감쪽같이 사라지고 휴지통에 빈 포장만 버려져 있었다. 아무래도 박 군이 마음대로 먹어 버린 모양이었다. 그는 순간 발끈했지만 박 군이 착각해서 먹었을지도 모른다고 생각하며 잠자코 있었다.

며칠이 지나고 야마나카 군의 어머니가 보낸 짐이 도착했다. 어머니는 옷가지 등과 아들이 즐겨 먹는 과자를 함께 보냈다. 야마나카 군은 두고두고 아껴 먹으려고 눅눅해지지 않도록 냉장고에 넣어 두었다. 그런데 그것들도 어느 사이에 박 군이 먹어 치웠다. 그후에도 야마나카 군이 주스, 과일 같은 것을 사넣어 두면 박 군이 아무 말 없이 먹어 버리는 상황이 되풀이되었다. 참다참다 화가 머리끝까지 치밀어 오른 야마나카 군은 이윽고 음식마다 자기 이름을 써서 냉장고에 보관하는 무언의 시위를 하기에 이르렀다. 그러자 이번에는 박 군이 불같이 화를 내며 따지고 들었다.

"왜 이름 따윌 쓰는 건데? 같이 살고 있으니 우리는 가족이나 마찬가지 아니야? 너희 집에서는 음식에 이름 써서 다른 식구가 못 먹게 해? 겨우 먹는 걸로 이러다니 너무 하는 거 아냐? 이건 마치 나를 도둑으로 모는 거 같잖아!"

이런 일이 벌어지기 전까지는 공부를 하든 놀러 가든 늘 같이 다니며 친하던 둘 사이가 '네 것이 아니니 미리 양해를 구하고 먹는 게 당연하지', '같이 사는데 꼭 그렇게 네 것, 내 것 따지며 정떨어지게 굴어야겠느냐'라며 한 치의 양보도 없는 험악한 사이가 되었다.

이것은 '야마나카 군은 예민한 성격이고 박 군은 무심한 성격'이라는 말로 간단하게 정리할 수 없는 이야기다. 나는 주위에서 실제로 '일본인 친구가 자기 주스만 사와 혼자 마시는 모습을 보면 쌀쌀맞은 느낌이 든다', '한국인 친구가 내 볼펜이나 사전을 한마디 양해도 없이 마음대로 쓰는 건 개념 없는 행동이다' 하는 식의 불만을 토로하는 학생들을 심심찮게 본다.

왜 이런 일이 생기는 것일까? 그건 필시 자신의 것을 어디까지 공유할 수 있느냐, 즉 영역 감각의 차이에서 오는 문제일 것이다.

박 군에게 룸메이트 야마나카 군은 생활을 공유하고 있다는 점에서 가족이나 다름없는 존재다. 가족이라면 냉장고 안의 디저트에 일일이 이름을 써두지 않으며, 설령 형이 먹으려던 케이크를 동생이 먹었다고 한들 심한 싸움으로 번지는 일은 거의 없다. 이런 사고의 연장선상에서 박 군은 '형제 같은 야마나카의 푸딩을 내가 먹은들 뭐 그리 대수냐'라는 정도일 뿐 타인의 간식을 훔쳐먹거나 몰래 먹는다는 생각 자체가 없었을 것이다. 게다가 한국에는 나눔의 미덕을 강조하는 '콩 한 쪽도 나눠 먹어야 한다'라는 속담이 있지 않은가.

한편 야마나카 군의 입장에서 보면 함께 살고 있는 절친한 친구라 해도 어디까지나 남은 남이다. 가족이라는 감각은 가질 수 없다. 그러니 냉장고에 있는 푸딩을 먹고 싶다면 먹어도 되느냐고 사전에 묻는 것이 지당한 순서라고 생각한다. 사실 야마나카 군은 박 군이 사온 것에 함부로 손을 대본 일조차 없었다.

이것은 누가 옳고 누가 그르고의 문제가 아니다.

예를 들어 일본에서는 가족끼리 둘러앉은 식탁에서 큰 접시나 냄비에 담긴 음식을 덜 때, 다른 젓가락을 사용하거나 쓰던 젓가락의 반대쪽을 사용하는데, 한국에서는 먹던 젓가락을 그대로 사용한다.

이런 저런 이유로 박 군의 입장에서 보면 야마나카 군의 것은 내 것이 될 수 있다. 냉장고에 들어 있는 간식 하나 때문에 일부러 허락을 받아야 한다는 것이 오히려 냉정하고 거리감 있는 관계로 느껴진다. 만약 박 군의 주스나 과일을 야마나카 군이 말없이 그냥 먹었다고 해도 그는 그다지 신경 쓰지 않을 것이다. 냉장고의 것은 누구의 것이 아닌 둘의 것이니까 말이다.

실은 한국인끼리도 가끔은 룸메이트가 마음대로 화장품을 쓰거나 좋아하는 옷이라 아껴 입으려고 소중하게 넣어 둔 옷을 잠자코 입고 외출하는 등 영역 침해의 문제가 있는 것 같다. 어떤 문제에서나 그렇겠지만, 내 것 네 것 사이에 굳이 선을 긋지 않는 넉넉한 한국인이라도 '네 것은 내 것, 내 것은 네 것'의 경계선에는 개인차가 있다.

그후 야마나카 군과 박 군은 '자기가 사온 거라고 해서 이름을 써놓지는 않는다', '누가 먹어도 상관없는 것은 냉장고에 넣어 둘 때 미리 먹어도 된다고 말한다', '상대방이 사온 것은 양해를 구한 후 먹는다'라는 내용의 협정을 맺고 화해했다. 지금에 와서는 그 싸움이야말로 정서와 문화의 차이를 한층 깊이 알게 되는 좋은 기회였다며 서로 이해하고 잘 지내는 모양이다.

왜 자꾸 다가오지?

대인 간 거리의 문화 차

버스나 지하철 표를 사기 위해 줄을 서 있다 보면 거북함에 당황할 때가 있다. 처음에는 그 이유를 몰랐지만, 어느 날 문득 뒷사람이 묘하게 가깝게 서 있기 때문이라는 데 생각이 미쳤다. 그 사람이 특별히 성급했던 것일지도 모르겠다며 그후 유심히 줄을 보고 있으니 사람과 사람 사이의 거리가 아무래도 일본보다 좁다는 느낌이 들었다. 자칫하면 앞사람의 등과 뒷사람의 가슴이 닿을 만큼 가까이 서 있다. 더구나 이에 대해 아무도 거부감을 느끼지 않는 것 같다.

길거리나 학교에서 선 채 이야기를 나누고 있는 사람들을 보면 일본에 비해 거리가 가깝다. 연구실 앞 복도에서 동료 여 교수님과 이야기를 할 때도 점점 내 쪽으로 다가오는 것 같아 나는 무의식적으로 자꾸 한 발 한 발 뒷걸음치게 된다. 그러면 상대방은 또다시 한 발 내 쪽으로 다가온다. 그러다 보면 결국 내가 벽까지 몰리고 마는 일조차 있다.

더욱 놀랐던 것은 10대 후반이나 20대의 젊은 여성끼리 쇼핑을 하면서 손을 잡고 걷는 모습이다. 학교 내에서 다음 강의실로 옮겨 가는 여학생들을 보면 마치 어린아이처럼 손을 잡고 삼삼오오 걸어간다. 더러는 남학생들끼리도 손을 잡고 있어 한순간 둘은 특별한 사이가 아닌지를 의심한 적이 있을 정도다.

주위 사람들에게 물어보았더니 그것은 나의 지나친 억측일 뿐, 그저 유난히 사이가 좋은 증거라고 가르쳐 주었다. 학생들뿐 아니라 대학의 교수들끼리 회식 자리에서 술을 마시고 기분이 좋아지면 어깨동무를 하거나 무릎에 손을 얹어 놓고, 때로는 남자끼리 뺨을 부비거나 한다.

이런 것들만 보면 한국인은 대인간 거리가 상당히 가까운 민족이라고 할 수 있을지 모르겠다. 단 이성간이나 나이 혹은 지위에 차이가 있을 때는 사정이 완전히 달라진다. 가령 친한 여학생은 혼잡한 횡단보도를 건널 때나 거리를 걸을 때 내 손을 잡거나 내게 팔짱을 끼기도 하지만, 똑같이 친한 사이라도 남학생은 그런 행동을 하지 않는다. 이는 유교적 사고방식에서 비롯된 것 같은데, 특히 젊은 여성은 남성과 분명하게 거리를 두어야 한다고 여긴다.

인류학자 에드워드 홀은, 이 대인간 거리에 대한 감각을 '침묵의 언어'라는 말로 정의하면서 '개인간 거리의 원근에는 형태가 있으며 그것은 민족과 언어 사회에 따라 다르다고 했다. 이러한 비언어적 행동 또한 커뮤니케이션에서 매우 중요한 역할을 수행하고 있다. 또 문화의 배경이 다른 외국인이 시선, 호응, 거리감 등이 가진 의미를 정확하게 이해하기는 어렵다'라고 지적하고 있다.

대인간 거리에 관한 다양한 연구를 살펴보면 일상 대화를 할 때 사람과 사람의 거리는 일본인이 약 1미터, 미국인이 45~50센티미터, 남미와 중동 사람들은 약 40센티미터, 한국인은 한 팔의 길이인 약 70센티미터 안팎이 일반적이라는 자료가 있다. 한국인과 이야기할 때 왠지 모르게 거리가 가깝게 느껴지는 것은 이러한 대인간 거리의 차이에서 온 것이었다. 사소한 문제이긴 하나 이런 것도 기억해 두면 외국인과 대화하고 교제할 경우 도움이 되지 않을까.

친절의 두 얼굴

친절한 응대에 관한 사고의 차이

한국에서는 백화점의 의류 매장이나 부티크에서 상품을 보고 있으면 점원이 바로 옆에서 여러 가지 설명을 해주며 손님을 따라다닌다. 스웨터를 들어 볼라치면, "어떠세요? 잘 어울리실 것 같네요. 손님, 같은 디자인에 다른 색상도 있는데요. 별로 마음에 안 드세요? 그럼 이건 어떠세요? 소재가 다른 것도 있고요"라며 말을 걸어온다. 좀 보기만 한다며 은근슬쩍 옆의 스커트 코너로 발걸음을 옮기면 또 따라온다. 그러다 보니 '강요에 약한 일본인 관광객이라고 생각해 어떻게든 팔아보려고 하는 걸까?' 하는 생각을 했던 적이 있었는데, 알고 보니 한국에서는 이렇게 하는 것이 올바른 접객 태도였다.

일본에서도 예전에는 이런 '의향 묻기+추천하기+쫓아다니기'의 접객이 일반적이었다. 하지만 최근에는 손님이 마음대로 상품을 고른 다음 입어 보고 싶거나 다른 색상 등을 보고 싶을 때만 점원에게 말을 거는 식으로 바뀌었다. 점원이 따라오면 성가시고 여유를 가지고 볼 수 없을 뿐더러 빨리 사라는 압력을 받는 것 같아 손님은 안절부절못한다. 오히려 그냥 내버려 두는 편이 자신의 리듬에 맞추어 즐겁게 쇼핑할 수 있다는 최근의 고객 성향에 맞춘 서비스라고 할 수 있다.

그런데 한국인 중에는 점원이 따라다니며 어떤 상품을 찾는지 물어봐 주거나 상품을 추천해 주며 어드바이스라도 해주는 것을 친절하고 편리한 쇼핑으로 느끼는 사람이 더러 있는 것 같다. 그리고 그들은 쇼핑의 즐거움은 단순히 마음에 드는 물건을 구입하는 데에만 있는 것이 아니라 점원으로부터 친절한 대접을 받는 것에도 있다고 말한다.

밀착인가 방치인가? 어느 쪽을 기분 좋고 쾌적한 서비스라고 생각하느냐 하는 점은 앞에서 이야기한 '커뮤니케이션에서의 대인간 거리'와 관계가 있을 듯하다. 한국인이 일상 대화를 나눌 때 대인간 거리가 일본인보다 약 30퍼센트나 가깝다는 사실을 생각하면 한국인이 따라다니는 서비스를 좋아하는 이유를 알 듯하다.

들은 이야기로는 유럽의 일류 브랜드 숍에서는 일본인 손님과 그 외 다른 나라의 손님 사이에 접객 방법을 달리하고 있다고 한다. 일본 외 다른 나라의 손님이 상점에 들어오면 직원이 달라붙어 접객한다. 그렇지만 일본인 손님에게는 일단 인사만 하고 뒤를 쫓아다니지 않는다. 손님이 직원에게 도움을 청하기까지 한동안 기다린다는 것이다.

어떤 대응을 친절하고 정중하게 느끼는지에 대해서는 개인 차가 있겠고, 일본인이라도 가만히 내버려 두기보다는 붙어 다니며 도와주는 것이 바람직하다는 사람이 있을 것이다. 실제로 조금 비싸지만 점원이 이것저것 돌보아 주는 곳에서 사는 사람도 있다. 한편 한국의 젊은 세대를 중심으로 '비과잉' 서비스를 좋아하는 사람이 늘어나고 있다고 한다.

여기에서는 직업적인 서비스를 예로 들었지만, 낯선 사람이 길을 물었을 때 응하는 태도를 예로 들면 한국과 일본, 두 나라 사이의 차이는 여실히 드러난다.

우선 일본인은 확실하게 알고 있는 장소라면 정확하게 가르쳐 준다. 또는 쉽게 알 수 있는 지점까지의 길을 알려 준 후 그곳에서 다시 물어보라고 대답하는 경우가 많다. 내가 알고 있는 한국인 중에는 일본에 여행을 갔을 때 길을 잃고 헤매다 행인에게 물었더니 목적지까지 결코 가깝지 않은 거리를 동행해 주더라는 이야기를 한 사람이 있다. 반대로 가는 방법을 확실하게 가르쳐 줄 수 없는 경우에는 '이 주변은 잘 모릅니다'라고 매정하게 대답하는 일본인이 많다.

하지만 한국인에게 길을 물었을 때 모른다는 대답이 돌아오는 경우는 적다. 반드시라고 할 만큼 친절하고 자세하게 알려 준다. 다만 가르쳐 준 대로 갔다가 목적지에 이르지 못하는 일도 더러 있다. 예전에 넓기로 소문난 서울대학교의 한 건물을 찾아가야 할 일이 있었는데, 마침 지나가던 학생 몇 명에게 길을 물었다.

그런데 희한하게 학생마다 알려 주는 길이 달라 퍽 애를 먹었다. 나중에 동료들에게 이 이야기를 했더니 이렇게 설명해 주었다.

"한국인은 대충 어느 방향으로 가면 될 거라는 생각이 들면 모른다고 하지 않아요. 일단 누가 물어 오면 확실하게는 모르더라도 대답을 해줘야 친절한 거라고 생각하거든요"

하지만 학생들의 이야기를 들어 보면 요즘 젊은이는 누군가에게 길을 안내할 때 모르는 곳이라면 모른다는 사실을 확실하게 밝힌다고 한다.

벌써 10년 이상 한국에서 생활하는 동안 어느새 한국식 배려에 익숙해진 덕분에 요즘은 모르는 길을 찾아갈 때면 세 명 이상에게 묻는다. 그리고 거기에서 얻은 정보를 토대로 '아무래도 이 방향인 거 같아. 일단 ○○은행 모퉁이까지 가면 된다는 건 틀림없네' 하는 식으로 짐작한다. 물론 행인이든 가게의 종업원이든 대부분의 사람은 상냥하게 가르쳐 준다. 단지 일부 사람은 정확하게 알지 못해도 아예 가르쳐 주지 않고 내버려 두는 것은 친절하지 못한 행동이라고 생각하는 듯하다.

일본에서는 길을 물을 때 거리 곳곳에 있는 파출소의 경찰관에게 묻는 것이 일반적이지만 한국에서는 그렇지 않다. 파출소의 수가 적기 때문이다. 그렇게 생각하면 파출소에서 선뜻 길을 물을 수 있고 더욱이 한 번에 완벽하게 알 수 있는 것이야말로 일본이 세계에 자랑하는 친절 시스템일 것이다. 그리고 누가 물으면 어떻게든 가르쳐 주어야 한다는 사고 역시 다른 의미에서 볼 때 한국이 세계에 자랑할 수 있는 친절 시스템일 것이다.

말 안 해도 알지?

침묵이 지니는 의미의 차이

이미 10년도 더 지난 이야기다. 일본의 텔레비전에서는 "남자는 묵묵히 ○○맥주"라는 모 회사의 광고가 방송되고 있었다. 광고 모델이 말없이 혼자 맥주를 마시는 모습이 멋있어서 당시 젊은 사람들 사이에 꽤나 유행했다. 하지만 이 광고를 같이 보고 있던 한국인 친구가 "한국에서는 절대로 있을 수 없는 일이야. 맥주는 여럿이서 시끌벅적하게 떠들며 마셔야 제 맛이거든. 혼자 말없이 무슨 맛이야?"라며 웃었다.

하기는 일본에는 "말하지 않는 데에 정취가 있다"라는 말이, 한국에는 "말 한마디에 천 냥 빚도 갚는다"라는 말이 있을 정도로 두 나라에는 상반된 정서가 있다.

아무튼 커뮤니케이션에서 침묵이 지니는 의미는 그 사회의 문화적 배경에 따라 다르다. 가령 사회언어학자 아즈마에 따르면, '인종의 샐러드 볼'로 비유되는 미국 사회에서 침묵은 부정적인 의미의 의사 표시라고 한다. 즉 말하지 않는 편이 낫기 때문에 잠자코 있는 것이 아니라 상대방에 대한 무관심을 표현할 때나 묵살할 때 침묵이라는 방책을 쓴다는 것이다.

한편 미국 애리조나주의 서아파치족은 모르는 사람을 만났을 때, 꾸지람을 들었을 때, 사람이 죽었을 때 등에는 침묵을 지키며 문제를 해결하고 어려움을 넘긴다고 한다.

일본 사회는 말 많은 사람을 가볍게 보고 필요 이상의 말은 하지 않는 과묵한 타입을 존경하는 경향이 있다. 물론 상황에 따라서 말없이 있을 수만은 없지만, 침묵으로 상대방을 압도하거나 나아가 강한 의지를 표명하는 경우 또한 있다. 무엇보다 '말하지 않아도 알겠지. 잠자코 있는 것을 보고 내가 무슨 말을 하고 싶은지 헤아리겠지' 하는 이심전심의 문화가 그 배경에 있다. 더러는 아무 말도 하지 않음으로써 타인과의 불필요한 마찰을 피하려는 경향마저 있다.

한국 역시 일본처럼 호흡 일치, 척하면 척하는 사이를 선호하고 이심전심이 통하는 토양을 가지고 있다. 그리고 한국과 일본, 두 나라 모두에 "침묵은 금이다"라는 말이 있다.

그런데 속담처럼 정말 말 한마디로 빚을 탕감할 수 있는지 없는지는 제쳐 두고 한국 사람은 대개 분명하게 말하는 것을 좋아한다.

한국에 막 부임했을 때 이런 저런 일로 곤란해 할 때면 주변의 한국 사람들이 "하고 싶은 말이 있으면 분명하게 밝히세요. 한국인은 의사 표명을 확실하게 하는 것을 좋아하거든요"라는 충고를 해주었다.

그러고 보니 인터넷을 통해 일본의 텔레비전 드라마를 자주 본다는 한 학생이 그 감상을 말한 적이 있다.

"한국 드라마는 연인이나 친구 사이에 자기감정을 분명하게 말해서 바로 싸움이나 갈등으로 이어지지만, 일본 드라마는 등장인물이 대사뿐 아니라 눈빛이나 표정으로 마음을 전하죠. 시청자로서는 그 인물이 무슨 생각을 하고 있는지 자유롭게 상상할 수 있어 색다른 재미를 느낄 수 있어요. 드라마가 아닌 현실에서 그런다면 짜증이 나겠지만요"

이 말을 들으니 그도 그런 것 같았다. 일본에서 일대 붐을 일으킨 「겨울연가」에서 주인공인 유진은 약혼자인 상혁과 감정적인 엇갈림이 있으면 그때마다 "우리 진지하게 이야기 좀 해"라고 한다. 하지만 일본의 드라마라면 지그시 상대방을 주시한 채 자신의 당혹감, 고뇌, 갈등을 말없이 전하려 하지 않았을까.

그러나 이런 한국인이 솔직하게 자신의 감정을 언어화하는 데에는 유교의 장벽이 있다. 예를 들어 부모님, 선생님을 비롯한 연장자 앞에서는 상대방이 굳이 요청하지 않는 한 그저 잠자코 이야기를 경청하는 일이 많다. 이 경우의 침묵은 일본처럼 말하지 않는 편이 좋다거나 싸움을 피하기 위해서가 아니라 윗사람에게 말대꾸해서는 안 된다는 도덕적 규범 때문이다.

사회심리학자 사이토 이사무 등이 그런 점에 주목하여 두 나라의 대학생을 대상으로 실시한 조사에서 부모님에게 분노의 감정·언행을 발산하는 빈도는 한국인보다 오히려 일본인 쪽이 높다는 결과가 나와 있다.

다시 말해 일본인은 외부인, 특히 낯선 사람이나 친밀하지 않은 사람에게는 침묵으로 대처하는 데 반해, 가정 내에서는 분노나 항의를 분명하게 표출하는 일이 많다. 그리고 한국인은 그와 반대의 패턴이 많다고 한다. 이 사실들로 미루어 두 나라 모두 침묵이 미국처럼 직접적이고 단순한 부정적인 의사 표현은 아니라는 공통점을 지니고 있지만, 침묵하는 상황이나 상대방에 따라서는 그 의미에 명백한 차이가 있음을 알 수 있다.

엄숙했던 세미나

색을 이용한 자기표현의 차이

여러 해 전 여름, 도쿄의 어느 대학에서 한국과 일본의 대학원생과 교수진이 참석한 합동 세미나가 열렸다. 그날은 몹시 무더워 회장 내에서도 땀으로 범벅이 될 정도였지만 국제 세미나라는 이유로 가벼운 티셔츠나 민소매 차림으로 참석한 사람은 없었다.

그렇지만 어찌 된 일인지 한국 여학생 다섯 명 전원이 검정색 투피스나 원피스 차림이었다. 일본에서도 공식적인 자리에서는 검정색·진한 감색이나 갈색 같은 어두운 톤의 옷을 입는데, 국제 세미나나 학회 등에서 여성 참석자 전원이 검정색 정장 차림인 경우는 생각할 수 없는 일이었다. 더욱이 한여름이라면 몇 명쯤은 화려하지는 않아도 밝고 시원한 색상의 옷을 입을 것이다.

게다가 일본인에게 검정색 옷은 공적인 행사나 점잖은 자리에 참석할 때 주로 이용하는 옷차림이자 '죽음'을 연상시키는 옷차림이다. 다섯 명의 여성이 모두 단순한 디자인의 검정색 투피스나 원피스를 입고 있으면 십중팔구 상복으로 생각할 것이다.

학회가 끝난 후 유심히 한국 여학생들을 보고 있는데, 요즘은 많이 변하여 꼭 그렇다고는 할 수 없으나 예전에는 중계방송을 보면 국회에서도 여성 의원은 남성 의원처럼 어두운 톤의 바지 정장을 입는 것이 관례처럼 되어 있었던 것이 생각났다. 한편 일본의 국회 의사당 내부를 보면 회색이나 감색의 벌판에 점점이 분홍, 파랑, 초록, 노랑 등 원색의 꽃이 피어 있다. 거무스레한 벌판에 핀 꽃처럼 보이는 곳에는 여성 의원들이 앉아 있는 것이다. 여성 의원 전체가 화사한 색상의 차림은 아니지만 한국 여성 의원의 패션과 비교하면 색상 선택의 차이는 분명하다.

한국의 친구에게 물었더니 이런 대답을 해주었다.

"학회나 세미나 같은 공식적인 자리에서는 검정색 옷을 입는 여성이 아주 많아요. 검정색은 계절에 상관없이 점잖은 분위기를 연출할 수 있어 말쑥하게 보이고 싶을 때는 편리한 색이죠. 최근에는 달라졌지만 여성 국회의원이 노란색이며 붉은색이며 화려한 옷을 입고 국회에 나가는 건 거의 본 적이 없어요. 교수들도 마찬가지 아닌가요?"

이 말을 들으니 예전에 내가 진분홍색 정장을 입고 강의실에 들어갔을 때 학생들이 "우와!" 하고 탄성을 질렀던 일이 생각났다. 지금 생각하니 그 탄성에는 '교수님, 왜 그러세요? 오늘 무슨 일 있으세요?'라는 궁금증과 '교수님이 이렇게 화려한 정장을 입다니!'라는 경악이 뒤섞여 있었던 것일지 모르겠다.

옷차림이 신경 쓰이는 자리라면 결혼식을 빼놓을 수 없다. 일본에서는 흰색이 신부가 입는 옷이고 하객은 그 밖의 색상을 선택한다. 검정색 또한 무난하게 입을 수 있는 옷이나 선명하거나 밝은 색상의 옷을 많이 입는다. 하지만 내가 몇 번인가 참석한 한국의 결혼식에서는 젊은 여성들까지 대체로 차분한 색상이 많았다. 자신이 두드러져 보이는 색상의 옷은 축하하는 자리에서 예의에 어긋난다는 것일까? 아니면 신랑 신부가 한껏 두드러지도록 하객은 한 발 물러나 있겠다는 것일까?

옷의 색상이 언어와 무슨 관계냐고 할 수 있으나, 실은 매우 중요한 비언어 커뮤니케이션이다. 그 나라의 문화 · 관습 · 사회 상황에 맞는 복장을 착용함으로써 예의 바르고 교양 있다는 것을 드러나지 않게 알리는 셈이 되기 때문이다. 반대로 말해 장소에 맞지 않은 옷, 지위나 위치에 걸맞지 않은 옷을 입는 것은 본인의 의사에 상관없이 반항적이거나 무언가 특별한 주장이 있는 사람으로 비친다.

예전에 비해 요즘 한국 여성들의 옷차림이나 화장이 더할 수 없이 밝고 화사해졌고, 거리에는 유행에 민감하게 반응하는 멋쟁이들로 넘쳐 난다.

밥에 국을 부을까, 국에 밥을 부을까

예의범절과 생활 관습의 차이

한국과 일본의 대학은 자매결연을 맺고 있는 곳이 많다. 특히 일본학·일본어학과 관련된 학과를 두고 있는 한국의 대학에서는 자매결연을 하지 않은 곳이 거의 없을 정도다. 이런 학교 외에 자매도시 관계에 있는 지방 자치 단체에서는 문화의 상호 교류와 교환 홈스테이를 실시하는 곳이 늘고 있다. 홈스테이는 짧은 여행을 통해서는 좀처럼 볼 수 없는 측면을 이해하는 데 최선의 방법 중 하나라고 생각한다.

내 연구실에는 일본에서 홈스테이를 할 예정인 학생들이 종종 찾아온다. 일본 가정에 머물며 가능한 한 실례를 저지르지 않으려면 사전에 약간의 지식을 갖고 있어야 하기에 나를 찾는 것이다. 한마디로 말해 학생들이 주로 묻는 것은 한국과 일본의 생활 습관상 차이에 관해서다. 학생들이 가장 자주 묻는 질문들을 토대로 몇 가지 차이점을 꼽아 보자.

- 공중전화를 걸 때

한국에서는 공중전화 카드를 이용할 때 그림이 그려진 면을 아래로 향해 넣지만 일본에서는 그림이 있는 면을 위로 향해 넣는다.

- 지하철이나 전철에서 표를 살 때

매표기를 사용할 경우, 한국에서는 버튼을 누른 후 돈을 넣지만 일본에서는 돈을 넣고 행선지(또는 금액) 버튼을 누른다.

- 택시를 타고 내릴 때

한국에서는 승객이 직접 택시의 문을 여닫지만 일본의 택시는 자동문이기 때문에 직접 여닫지 않는다.

- 신을 벗을 때

한국에서는 집 안으로 들어갈 때 신의 앞쪽이 실내를 향하도록 벗지만, 일본에서는 벗은 신발의 앞쪽이 현관문, 즉 실외를 향하도록 벗어 정돈한다.

- 앉는 방법

일반적으로 한국에서 남성은 책상다리를 하는 것이, 여성은 두 다리를 한쪽으로 가지런히 모아 앉는 것이 예의 바른 자세다. 또 한복을 입은 여성은 오른쪽 무릎을 몸 앞쪽으로 세운 자세로 앉는다. 일본에서는 좌식 생활이 정착되어 무릎을 꿇고 앉을 기회가 예전에 비해 줄어들었지만 기모노를 입을 때나 다도 또는 서예를 하는 자리, 손윗사람 앞에서 이야기를 들을 때 등은 아직까지 무릎을 꿇고 앉는 것이 예의다.

• 식사할 때

식사 예절만큼 두 나라에서 철저하게 반대인 경우도 드물 것 같다. 한국에서는 국에 밥을 말지만, 일본에서는 밥에 국을 부어 말아 먹는다. 한국에서 웃어른이나 낯선 이 앞에서 국에 말아 먹는 것은 예절 바르지 못한 식사법이듯이, 일본에서도 '고양이밥(猫まんま)'이라 하여 올바르지 못한 식사법으로 여긴다. 또 일본에서는 숟가락을 사용하지 않기 때문에 밥그릇, 국그릇, 앞접시 등을 손에 들고 그릇에 입을 대고 먹는 경우가 많다. 그러나 한국에서는 숟가락과 젓가락을 모두 사용하므로 그릇을 들고 먹는 자체가 예의 바르지 못한 식사법인 데다가 그릇에 입을 대고 먹는 것은 더 더욱 예의에 어긋난 식사법이다. 또 젓가락은 반찬을 집을 때만 사용하고 밥이나 국은 숟가락으로 떠서 먹는 것이 기본 예절이다.

여기에서 예로 든 것은 극히 일부에 지나지 않는다. 그러나 이러한 예만으로도 홈스테이를 하는 학생들이 일상생활의 습관과 예의범절에 상당히 큰 관심을 보이고 있다는 점을 알 수 있다. 특히 처음 일본에 가는 학생은 상당히 긴장하여 꼬치꼬치 물어 와, "너무 걱정하지 말고 모르는 게 있으면 집주인에게 물어도 괜찮아"라며 달랜다.

학생들은 예의 바르게 행동하여 실례를 범하지 않겠다는 마음을 강하게 갖고 있다. 물론 많은 것을 보고 들으며 가능한 한 일본어로 대화를 하고 싶다는 공부나 오락적인 측면에서의 흥미와 호기심도 왕성한데, 모처럼 경험하는 홈스테이인 만큼 일본에서의 생활을 있는 그대로 만끽하고자 하는 인상을 강하게 받는다.

제 나라의 예의범절을 익히려 해도 많은 시간이 걸리는 법인데, 하물며 남의 나라의 생활 습관은 하루아침에 익힐 수 있는 것이 아니므로 실수하면서 배워 나가겠다는 마음가짐을 가지는 것이 중요하다. 내 설명을 들으면서, "일본은 정말 우리와 다른 습관이 많은 것 같아요. 다양한 경험을 하고 열심히 배워 올게요"라며 눈을 반짝이는 학생들을 보고 있노라면 기쁘기도 하고 듬직하기도 하다.

03

감각 · 感

미묘하게 다른 단어들
미아 분이 일행 분을 찾고 계십니다
다른 듯 같은 듯
개와 고양이
자리 있나요?
공부할수록 좋아진다
「짱구는 못 말려」와 「겨울연가」의 위력

미묘하게 다른 단어들

한자어에서 유래된 단어 비교

한국에서 일본어를 공부하는 학생들 대부분이 일본어가 영어보다 쉽다고 생각한다. 다음의 이유에서다.

① 어순이 매우 비슷하다.
② 일본어의 조사, 조동사에 해당하는 말이 한국어에도 있다.
③ 두 언어 모두 한자어를 사용한 단어가 많다.

일본인이 한국어를 배울 때도 이 이유들 때문에 영어보다 쉽게 느끼지 않을까.

반대로 일본어 공부에서 힘든 점을 물으면 공부하기 쉬운 점으로 꼽았던 한자어를 꼽는 사람이 의외로 많은 데 놀라게 된

다. 하지만 조금이나마 한국어를 안다면 이해가 가는 문제다. 한국어에서 한자는 음으로만 읽는다. 따라서 그들이 일본어를 배울 때는 学(엄밀히 하자면 學이 된다)을 '학'이라고 쓰는 글씨를 외우면서 음독인 가쿠(がく)와 훈독인 마나부(まなぶ)를 외워야 하는 것이다. 계약(契約), 준비(準備), 계산(計算)처럼 똑같은 한자를 쓰고 음독으로 읽으며 뜻까지 같은 단어가 많지만, 같은 한자가 미묘하게 다른 뜻으로 쓰이는 경우가 있어 혼란스러운 모양이다. 다음에 단어의 뜻은 같지만 한자 표기가 다른 몇 가지 예를 들어 보겠다.

① 美國/米國

한 그 선생님은 미국(美國) 출신입니다.

일 あの先生は米國出身です。

② 工夫/勉强

한 영어 공부(工夫)는 어렵습니다.

일 英語の勉强は難しいです。

③ 日語/日本語

한 저는 일어(日語)를 좋아합니다.

일 私は日本語が好きです。

④ 境遇/場合

한 그는 버스로 다니고 있지만 제 경우(境遇)는 전철을 이용하고 있습니다.

일 彼はバスで通っていますが、私の場合は、電車を利用し

ています。

　특히 흥미로운 것은 ②의 勉强과 工夫의 차이다. 일본의 대표적인 국어사전 『코지엔(廣辭苑)』에는 이 두 단어가 각각 이렇게 설명되어 있다.

勉强　① 열심히 노력하는 것. ② 학문이나 기술을 배우는 것. 다양한 경험을 쌓으며 배우는 것.

工夫　① 여러모로 생각하여 좋은 방법을 찾으려고 하는 것. 또는 생각난 방법.

　이른바 study에 상응하는 일본어의 단어는 지적 호기심을 채우는 것이나 두뇌·정신의 단련에 중점을 둔 벤쿄(勉强)라는 단어인 반면, 한국어에서는 배워 익힌 것을 어떻게 활용할지에 초점을 맞춘 공부(工夫)인 점은 재미있다. 일본어와 한국어 모두 공부해서 벤쿄한다면 분명 충실한 어학 실력을 쌓을 수 있을 것이다.

비슷하거나 한자가 다른 단어

벤쿄(勉强)와 쿠후(工夫)처럼 재미있는 한자 단어 몇 가지를 더 보자. 한국어와 일본어에는 愛人(애인)이라는 한자 단어가 있지만 뜻은 좀 다르다. 일본어에서는 아이진(愛人) 하면 그야말로 부적절한 이성 관계이며, 한국어 애인의 뜻을 가진 단어로는 코이비토(恋人)가 있다. 또 한국어에서의 어떤 한 시기를 뜻하는 시절은 지다이(時代)로, 전학(轉學)은 덴코우(転校)로, 전자 제품은 덴키세이힌(電気製品)으로 쓴다.

미아 분이 일행 분을 찾고 계십니다

경어 사용의 차이점

재미있는 현상이라고 생각하는데, 요즘 일본의 서점을 들여다보면 일본어 관련 실용서가 전성기를 누리고 있다. 일본어 특유의 아름다운 표현을 모은 책, 읽을 수만 있으면 남에게 자랑할 수 있을 듯한 난해한 한자를 모은 책, 어지럽게 난무하는 신세대 언어를 날카롭게 파고드는 에세이 등 일일이 헤아릴 수 없다. 그런 가운데서도 올바른 경어, 아름다운 경어의 노하우를 전수하는 책이 상당히 잘 팔린다고 한다.

학창 시절에야 누구나 신세대 언어를 사용해도 너그럽게 보아 넘겨 주지만, 사회에 나가면 필히 제대로 된 경어를 구사해야 한다는 현실적인 문제에 봉착한다. 입장, 세대, 위치가 다른 사람과 이야기할 때 올바른 경어의 사용을 교양과 사회인으로

서의 소양을 반영하는 거울로 생각하는 사람이 많다.

그런데 유감스럽게도 텔레비전의 아나운서와 해설자 같은 프로들이 그 자리에 어울리지 않는 기묘한 경어를 사용하는 모습을 자주 보게 된다.

한국에서는 손윗사람에게 제대로 된 경어를 사용하는 것이 지극히 당연한 예의며, 올바른 경어를 사용하지 않으면 학교의 선생님이나 직장 상사와의 대화는 애당초 이루어지지 않는다. 내가 가르치고 있는 학생들을 보아도 제대로 된 경어를 사용하는 사람이 압도적으로 많다.

흔히 지적되는 것인데, 일본어나 한국어 모두 경어가 있다는 점에서는 공통되지만 그 시스템의 성격은 조금 다르다.

내가 마침 휴가로 일본에 귀국했을 때 한국인 교수가 집으로 편지를 보낸 적이 있다. 그런데 봉투의 앞면에 '사이토 아케미 교수님(齊藤明美敎授樣)'이라고 쓰여 있어 가족들이 놀란 일이 있다. 일본어라면 '선생(先生)'을 붙이는 것만으로 충분히 경칭이 되나 한국에서는 일반적인 대화에서도 '교수님(敎授樣)', '선생님(先生樣)'이라고 부른다. 일본어에서는 님에 해당하는 樣(사마)를 붙이면 과잉 경칭이 되지만, 한국어에서는 동료 교수끼리도 친한 사이가 아닌 한 '님'이 없으면 예의에 어긋나는 것이다.

한편 한국에서는 자기보다 아랫사람과 이야기할 때는 영역성에 관계없이 반말로 이야기하는 경우가 많다. 일본에서는 교사가 학생에게 정중어를 사용하여 'レポートを提出してくださ

い(과제를 제출해 주세요)', '來週は小テストをやります(다음 주에는 쪽지 시험을 치릅니다)'와 같이 말하는데, 한국어에서는 반말로 '과제 제출해', '다음 주에는 쪽지 시험을 친다'라고 한다.

나는 가끔 무심결에 학생에게 정중어에 가까운 표현을 쓰곤 한다. 그러면 학생들은 "교수님, 반말로 하세요. 그 편이 훨씬 친해질 수 있거든요"라는 말한다. 그럴 때면 나는 몸에 밴 경어는 웬만해선 지울 수 없는 것이라며 쓴웃음을 지으면서 한국인이 일본어를 공부할 때는 이와 같은 이유로 고생할 것이라는 생각을 한다.

한 교수님이 일본에서 막 유학 생활을 시작했을 때, 신세를 지고 있는 일본인 교수님 댁에 초대를 받고 다섯 살짜리 그 집 아들에게 줄 선물용 케이크를 사 들고 갔다. 그때 한국어 습관대로 '먹어'라고 말했다가 본의 아니게 그 아이에게 겁을 준 꼴이 되었다고 한다. 한국어 표현에서는 어린아이에게는 반말로 하는 것이 당연하기 때문이다.

일본인 동급생과 이야기할 때 상대방은 친밀체(보통어)로 이야기하는데 자신은 친밀체가 서툴러 정중어를 사용하는 바람에 꼭 자기가 아랫사람처럼 느껴져 조금은 분한 마음까지 들더라는 이야기를 들은 적이 있다.

일본에서는 부모 자식이나 상사와 부하, 선생님과 학생 모두 친구와 같은 느낌의 친밀체를 쓰거나 고작해야 '입니다' 정도의 경어로 얼버무리는 경우가 많아지고 있다. 하지만 한국어에서는 약간 완화되거나 변화되고는 있어도 경어를 바르게 사용하는 것이 중요한 커뮤니케이션 능력으로 간주된다.

　일본에 돌아가 슈퍼마켓이나 백화점에 들렀다가 '미아 분에 대한 안내 말씀드립니다. 네 살 난 ○○가 일행 분을 찾고 계십니다(迷子様のご案内を申しあげます。四歳になる○○ちゃんがお連れ様をお捜していらっしゃいます)'와 같은 안내 방송을 들을 때가 있다. 나도 한국식 경어 사용에 꽤 익숙해졌는지 네 살배기 아이에게 이렇게까지 요란한 경어를 총출동시킨 안내 방송을 들으면 무심결에 픽 웃음이 나온다.

일본어의 경어 표현
① 존경어 : 상대방의 동작이나 상태를 직접 높이는 표현으로 자기에 관련
　　　　　되어서는 사용할 수 없다.
② 겸양어 : 자기와 관련된 동작이나 상태를 낮춤으로써 상대방을 높이는
　　　　　표현이다.
③ 정중어 : 상대방을 높이기 위해 공손히 하는 표현으로 문말에 です·ます를 붙이거나 단어에 ご·お를 붙인다.

다른 듯 같은 듯

동사 대 동사의 범위

일본어에서는 물, 주스, 술, 수프 등 액체 상태의 것을 입에 넣을 때 '마시다'라는 의미의 동사 飮む(노무)를 사용한다. 하지만 한국어에서는 술을 마실 때도 '먹다'(일어로는 食べる)라는 동사를 쓰는 경우가 있다. 분명히 '마시다'라는 단어가 따로 있지만, 지극히 일반적으로 '먹다'를 사용하고 있다. 또 약을 복용할 때도 '먹다'를 쓴다. 물약이든 알약이든 가루약이든 약은 모두 '먹다'를 사용한다.

비슷한 예로 일본어의 座る(스와루)와 とまる(도마루)가 있는데, 이 두 동사를 한국어로 바꾸면 '앉다'라는 동사 하나에 해당한다. 일본어에서는 '어서 의자에 앉으세요'라고 할 때는 'どうぞ, 椅子に座ってください'라고 하며 '새가 나무에 앉아 있다'

라고 할 때는 '鳥が木にとまっている'라고 하여 똑같이 앉는다는 동작을 각각 다른 동사로 표현한다. 이 두 단어를 바꾸어 쓰는 일은 결코 없다. 하지만 한국어에서는 어떤 상황이든 '앉다'면 된다.

그리고 '보다'의 見る(미루)와 '만나다'의 会う(아우)도 한국어에서는 '보다' 하나로 표현되기도 한다. 본디 会う에 '만나다'라는 뜻이 있지만, 가령 '夏休みには, 田舎にいる母に会う'를 해석할 때 '여름휴가에는 시골에 있는 어머니를 볼 것이다'와 같이 '만나다' 대신 '보다'를 쓸 수 있다.

그 때문인지 한국 학생에게 일본어 작문을 시키면 '週末には, 母を見たいです(주말에는 어머니를 보고 싶습니다)', '明日は友だちを見ます(내일은 친구를 볼 것입니다)' 하는 문장이 심심찮게 등장한다. 물론 会いたい, 会います로 써야 하는데 말이다. 見る나 会う 모두 눈으로 상대방을 인식한다는 행위 자체는 똑같으나 일본어에서는 한쪽의 시선이 향하는 것과 양쪽의 시선이 마주쳐 눈을 맞추며 상호 인식하는 것을 각각 다른 단어로 구분하여 사용한다.

즉 '原宿で芸能人の○○を見た(하라주쿠에서 연예인 ○○를 봤다)'라는 말은 성립하지만 그 탤런트와 아는 사이가 아닌 이상에는 '原宿で芸能人の○○に会った(하라주쿠에서 연예인 ○○를 만났다)'라고는 할 수 없다. 하지만 한국어에서는 아는 사이든 모르는 사이든 '보다'를 쓸 수 있다.

비슷한 예를 하나 더 들어 보겠다. '자리가 비다', '전철이 비

다' 할 때 한국어에서는 똑같은 '비다'라는 동사를 사용하지만 일본어에서는 あく와 すく로 구분하여 사용한다. 두 단어의 사전적 의미를 보면, あく는 '지금까지 그곳을 차지하고 있던 것, 막고 있던 것이 제거되거나 없어지다'라고 되어 있고 すく는 '어떤 공간을 채우고 있던 사람이나 물건이 적어져 빈 곳이 생기다'라고 되어 있다. 그러므로 席があく(자리가 비다), 電車がすく(전철이 비다)처럼 두 동사를 구분하여 써야 한다.

앞에서 이야기한 飲む/食べる, 座る/とまる, 見る/会う는 각각 뉘앙스가 미묘하게 다른 단어들이지만, 행위로서는 공통된 부분이 크다. 그러니 한국어에서는 하나의 단어로 표현한다고 해도 그리 놀랄 일이 아니다.

그렇지만 일본어에서는 엄연히 다른 단어들이나 한국어에서는 하나의 동사로 쓰여 이해하기 어려운 것들이 있다. 그것들은 바로 やる(야루)/あげる(아게루)와 くれる(쿠레루)/もらう(모라우)인데, 이 네 동사 모두 한국어로는 '주다'라는 동사 하나에 해당한다. やる와 あげる는 '나'가 타인에게 물건을 건네는 행위를 나타내며, くれる와 もらう는 타인에게서 '나' 쪽으로 물건이 이동하는 동작을 나타낸다. 즉 자신과 상대방 사이에서 물건이 움직이는 방향성이 완전히 반대가 된다.

이러니 일본어를 공부하는 한국인이 몹시 혼란스러워하는 것 가운데 한 부분이 이 네 개의 동사다.

'선생님께서는 제게 사전을 주셨습니다'라는 말을 일본어로 표현할 때는 '先生は私に辞書をくれました'가 되어야 하는데

'先生は私に辞書をあげました'로 쓰는 오용이 일어나는 것이다. 일본인이 굳이 やる와 あげる, くれる와 もらう를 구분하는 까닭에 대해 짚어 보다 '어쩌면 빚을 만들지 않겠다는 일본인의 의식이 강하게 반영된 것은 아닐까?' 하는 데에 생각이 미쳤다.

어디까지나 나 개인적인 생각인데, 누군가가 자신에게 준(くれる) 물질, 후의, 은혜 등에 대해 나도 물질, 후의, 은혜 따위를 주는 것(やる, あげる)으로 답례를 하며 대차 관계를 청산하려는 사고가 영향을 끼치고 있는 것은 아닌가 한다. 다시 말해 누가 주었는지, 나는 누구로부터 무엇을 받았는지를 명확하게 의식하고 제대로 답례를 주었음을 분명하게 하려는 문화가 있는 것이다. 그 때문에 やる와 あげる, くれる와 もらう로 세분된 것일지도 모른다.

그리고 한국어에서는 누가 주고 누가 받느냐를 굳이 나누어 표현하지 않는 것은 때로는 서로 부담을 주기도 하고 신세를 지기도 하며 도움을 주고받기도 하는 것이라는 사고에서 빚어진 것이 아닐까.

단어 하나하나에 숨겨진 모습을 이리저리 파헤쳐 보아도 한국과 일본의 국민성 차이를 느낄 수 있어 무척 흥미롭다.

그리고 한마디 더 보충해 두자면 앞에서 예로 든 단어들은 이른바 도쿄 표준어 중에서 꼽은 것이며, 일본어로 '약을 먹다'라고 할 때 藥を飲む라고 해야 하나 飲む가 아닌 食べる를 쓰기도 한다.

더욱이 현대 일본어에서는 일상의 대화 속에서는 자신이 남에게 무언가를 줄 때 'ほら、そんなに欲しいのならくれてやる(이봐, 그렇게 갖고 싶다면 줄게)'라고 쓰기도 한다. 이러한 예를 보아도 실은 우리가 짐작 못할 깊은 곳에서 한국어와 일본어, 한국인과 일본인의 정신 구조는 이어져 있을지 모르겠다는 생각을 해본다.

やる・さしあげる・くれる・もらう의 구분

이 네 동사의 쓰임새를 구분하는 것은 일본어 공부의 난관 중 하나다.

① やる : 내가 아랫사람에게 줄 때.

② さしあげる : 내가 윗사람에게 줄 때.

③ くれる(くださる) : 남이 나에게 줄 때 쓰나 문장의 주어가 남이 된다.

④ もらう(いただく) : 남이 나에게 줄 때 쓰나 문장의 주어가 내가 된다.

개와 고양이

동물이 가진 이미지

나는 고양이를 좋아한다. 개를 싫어하는 건 아니지만 둘 중 하나를 고르라면 고양이를 택하겠다.

어릴 적에 기르던 유키라는 고양이는 유난히 내 무릎 위를 좋아했고 등을 쓰다듬어 주면 쌔근거리며 잠들었다. 어느 날 유키만 남겨 두고 2~3일 가족 여행을 다녀왔는데, 돌아와 보니 집 안이 엉망이 되어 있었다. 테이블 위의 물건과 휴지통은 온통 뒤집어져 있었고 방마다 유키의 대변이 뒹굴고 있었다. 혼자 남겨진 것에 대한 시위였는지 가족이 없어 공황 상태가 되어 저지른 것인지 그 이유는 알 수 없었다. 하지만 그런 행패(?)에도 유키에게 화를 내기는커녕 혼자 두고 나간 행동이 몹시 미안하게 느껴졌고 가족으로서 책임감을 강하게 느꼈던 기억이 있다.

이 이야기를 꺼낸 까닭은 한국인은 기본적으로 개를 좋아하는 것 같아서다. 우연히 애완동물이 화제에 올라 내가 고양이를 좋아한다고 하면 학생들은 한결같이 믿을 수 없다는 듯한 표정을 짓는다.

"개는 주인에게 충성을 다하고 말도 잘 알아듣잖아요. 일본에도 충견 이야기가 있다고 들었는데요. 그런데 고양이는 심술궂은 데다가 조금 장난을 치면 바로 보복하고 울음소리는 아기 울음소리 같아서 이상하잖아요. 어쨌든 고양이는 무서워요."

이런 말로 고양이를 깎아내린 남학생도 있다. 이 학생의 개인적인 취향뿐 아니라 학생들 대다수가 당연히 개가 더 좋다고 대답하니, 나는 자연스레 한국 사람들은 개와 비교할 때 고양이를 별로 안 좋아하는 것 같다는 생각을 갖게 되었다. 지극히 개인적 취향으로 물론 고양이를 좋아하는 사람들도 있겠지만 말이다.

사실 일본어에서는 시치미를 떼는 것을 '猫ばば(고양이가 자기 배설물에 모래를 덮어 숨기는 것에서 나온 말)라고 하고, 본성을 숨기는 것을 한국에서는 '양의 탈을 쓴다'라고 하지만 일본에서는 '猫をかぶる'라는 관용어로 표현한다. 이렇게 고양이가 교활한 이미지의 상징으로 쓰이는 경우가 있는 것이다. 이 밖에도 쉽게 변하여 좀처럼 믿을 수 없는 것은 '猫の目のように変わる(고양이 눈처럼 변하다)'로, 매우 바쁠 때 큰 도움은 못 되지만 없는 것보다는 낫다는 것은 '猫の手も借りたい(고양이 손이라도 빌리고 싶다)'라는 관용구로 표현한다. 어쨌든 그다지 호의적·긍정적 이미지는 아니지만 때로는 젊고 예쁜 여성을 '子猫さん(새끼 고양이 씨)'이라고 부르는 경우도 있다.

한편 일본에서는 부정적인 이미지로 받아들이고 있는 돼지가 한국에서는 복의 상징으로 융숭한 대우를 받고 있다. 일본의 십이지에서 열두 번째는 멧돼지[猪]지만 한국에서는 돼지다. 게다가 돼지꿈을 꾸면 행운이 굴러들어올 조짐으로 받아들인다. 이는 중국에서도 마찬가지여서 돼지를 행운의 사자에 비유하는 일이 많다.

친근한 동물에 대한 이미지는 그 나라의 오랜 역사적·문화적 배경에 따라 다르다. 서로 다른 문화를 이해하기 위해서는 언어를 이해하고 역사를 아는 것도 필요하지만, 이 같은 사소한 부분을 알아 두는 것 또한 소중한 지식이 되지 않을까.

일본에서 고양이는 행운의 상징

일본에 한 번이라도 가본 사람이라면 식당의 계산대 혹은 상점의 쇼윈도마다 장식되어 있는 손을 든 고양이 인형을 보았을 것이다. 그리고 요즘에는 서울 거리의 돈가스나 우동 등을 파는 식당에서도 흔히 볼 수 있게 되었다. 이 고양이 인형은 마네키네코(招き猫)라고 부르는데, 손님과 돈을 불러 모은다는 의미를 지닌 부적과 같은 것이다. 그리고 오른쪽을 들고 있으면 돈을, 왼쪽을 들고 있으면 사람을 부른다고 한다.

자리 있나요?

하나의 말이 가진 상반된 의미

나는 보통 학교의 교직원 식당에서 식사할 때가 많다. 학교 주변에 한식 · 중식 · 일식 · 양식, 무엇이든 먹을 수 있는 식당이 많지만 나도 모르게 저절로 교직원 식당으로 발길이 간다.

그 이유는 김치가 아주 맛있기 때문이다. 나는 배추김치 중에서도 희고 단단한 심지 부분을 좋아하는데, 학교 식당의 김치는 정말 맛이 좋다. 아삭아삭한 맛이나 익은 정도나 내 입맛에 딱 맞는 것이다. 그리고 메뉴가 다양하고 음식을 만드는 아주머니들이 친절해서 1주일에 몇 번이고 찾게 된다.

어느 날 점심을 먹으러 식당에 갔더니 그날따라 대단히 붐볐다. 평소 같으면 빈자리를 찾는 데 별 어려움이 없었지만 그날은 빈자리가 보이지 않았다. 간신히 자리를 하나 발견하고 그 옆에 앉아 있는 교수님에게 "자리 있어요?"라고 묻자 "자리 없어요"라고 했다. 실망스런 표정으로 다른 자리를 찾으려는데 그 교수님이 웃으며 내 옷자락을 잡아당기며 "앉으세요 자리 없어요" 하고 나를 앉혔다. 없다면서 왜 나를 앉히는지 귀신에 홀린 기분으로 그 자리에 앉아 밥을 먹었다.

한번은 학생들과 함께 MT를 간 적이 있다. 밤새워 술을 마시며 떠들던 학생들은 돌아올 때까지 활기 그 자체였지만 나는 피곤하여 멍하니 있었다. 동행한 다른 교수님과 역 대합실의 벤치에 앉아 기차를 기다리고 있는데, 그 교수님이 자리에서 일어나며 내게 이렇게 말했다.

"화장실 좀 다녀올 테니 혹 누가 오면 자리 있다고 해주세요"

'이건 또 무슨 말인가? 자리 있다고 하라니⋯. 화장실에 갔다 다른 곳으로 가겠다는 건가?'

나는 다시 귀신에 홀린 듯했다. 다행히 아무도 내게 자리 있느냐고 묻지 않았고, 잠시 후 화장실에 다녀온 그 교수님은 원래 자리에 아무 일 없었다는 듯 앉았다.

병원의 대기실이나 기차에서도 이런 종류의 대화를 자주 듣게 된다. 분명 자리가 비어 있는 것 같은데 자리 있다는 말을 들은 사람은 다른 자리를 찾아가고, 자리 없다고 하는데도 막무가내로 그 자리에 앉는다. 내 눈에는 그렇게 보였다. 도무지 이해 못할 이 수수께끼를 한 학생에게 물었더니 뭐 그런 것을 묻느냐는 표정으로 이렇게 설명했다.

"사실 말로 설명하기는 좀 어려워요. '자리 있다'라고 할 때
는 자리가 비어 있다는 의미로 사용하는 경우와 그 자리의 주인
이 있다는 의미로 사용하는 경우가 있거든요. 우리는 그때그때
상대방의 표정으로 어떤 의미인지 판단하지만 교수님에게는
어려울 수 있겠네요. 헷갈리지 않으려면 '자리 있어요?'라고 묻
지 말고 '여기 앉아도 되나요?'라고 물으시는 게 좋을 거예요."

일본어에서도 いいです, 結構です가 Yes의 의미가 될 때와
No, thank you의 의미가 될 때가 있다. 하나의 말이 전혀 다른
의미로 쓰이는 경우가 있다는 점에서도 양국에는 공통점이 있
다고 생각했다.

공부할수록 좋아진다

한국 학생의 일본에 대한 이미지

한국의 대학에서 일본어 교육이 정식으로 인정받은 것은 1961년이다. 1965년 한·일 국교 정상화가 이루어져 표면상으로는 일본어 교육의 저해 요인이 없어진 듯 보였지만 실정은 혹독했다.

당시는 일본 식민지 지배에서 벗어나 해방을 맞은 지 그리 긴 시간이 지나지 않았던 터라 일본뿐 아니라 일본어까지 증오하던 때였다. 일찍이 일본은 일본어를 국어로 강요했었기에 한국 사람들은 일본어를 더 더욱 싫어했고, 그런 일본어를 배우려는 사람은 주변의 따가운 시선과 비난을 감수해야 했을 정도다. 그리고 일본어를 배우는 사람들은 각자 필요에 의해서이기도 했지만, 그렇게 증오하는 일본을 이기기 위해서는 일본을 알아야 하며 그러기 위해서는 일어를 배워야 한다고 생각하는 사람도 있었다고 한다.

하지만 최근에는 영화와 음악 등을 비롯한 일본 문화의 상당 부분이 한국에서 개방되었고, 고등학교 · 대학교 · 민간 기업 등에서 인적 교류가 활발해졌다. 더욱이 2002년의 한 · 일 월드컵 공동 개최는 두 나라 사이의 벽을 한층 낮춰 주었다.

일반적으로 외국어를 배우기 위해서는 학습자를 둘러싼 환경, 즉 사회적 이해와 주위 사람들의 따뜻한 시선이 의욕에 크게 영향을 미치는 것 같다. 이미 한국은 세계에서 가장 많은 일본어 학습자를 가지고 있다. 일본국제교류기금의 2003년 조사에 따르면 외국의 교육 기관에서 일본어를 배우고 있는 사람은 약 235만 명으로, 그중 38.9퍼센트에 해당하는 약 89만 명이 한국인이다.

특히 고등학생 학습자는 73만 명(1998년 조사)에 달한다. 2001년부터 적용된 교육부의 제7차 교과 과정에서는 중학교의 교장 재량으로 영어 이외의 외국어와 컴퓨터 중에서 선택 교과를 만드는 것이 인정되어 일본어 시간이 있는 학교도 있다고 한다. 1997년에는 초등학교 3학년부터 영어 교육을 실시하고 있는 것과 병행하여 생각하면 장차 일본어 교육이 저연령층에서 시작될 가능성도 있다.

그럼 이렇게 많은 사람이 일본어를 학습하여 일본에 대한 이해가 깊어졌느냐는 것이 궁금해진다.

나는 일본의 도쿄대학교 오고시 나오키 교수, 국립대만대학교의 시노하라 노부유키 교수, 한국의 중앙대학교 임영철 교수와 함께 2003년 5월 '한국, 대만의 일본어 교육의 현상 및 일본의 한국어 교육의 현상 고찰'이라는 공동 조사 · 연구를 실시했는데, 여기서 얻은 몇몇 흥미로운 결과를 소개해 보겠다(한림대학교 · 중앙대학교의 학생 412명이 그 대상으로 일본학과 및 일어일문학과 139명, 교양 일본어를 배우는 학생 141명, 이공계 학생 132명이었다).

■ 일본에 대해 어떤 이미지를 가지고 있나?

전체 응답

① 매우 좋다 3.6%　　　② 좋다 38.8%

③ 다른 나라와 특별히 다르지 않다 42.2%

④ 나쁘다 12.6%　　　⑤ 매우 좋지 않다 2.8%

일본학과 및 일어일문학과 학생

① 매우 좋다 9%　　　② 좋다 59.7%

③ 다른 나라와 특별히 다르지 않다 34.5%

④ 나쁘다 2.2%　　　⑤ 매우 좋지 않다 0.7%

교양 일본어를 배우는 학생

① 매우 좋다 4.3%　　　② 좋다 36.9%

③ 다른 나라와 특별히 다르지 않다 37.6%

④ 나쁘다 19.1%　　　⑤ 매우 좋지 않다 2.1%

이공계 학생

① 매우 좋다 3.8%　　　② 좋다 19.1%

③ 다른 나라와 특별히 다르지 않다 55.7%

④ 나쁘다 16.8%   ⑤ 매우 좋지 않다 4.6%

■ 일본인에 대해 어떤 이미지를 가지고 있는가?

전체 응답

① 매우 좋다 1.5%   ② 좋다 29.6%

③ 다른 나라와 특별히 다르지 않다 57.0%

④ 나쁘다 10.2%   ⑤ 매우 좋지 않다 0.7%

일본학과 및 일어일문학과 학생

① 매우 좋다 2.9%   ② 좋다 48.2%

③ 다른 나라와 특별히 다르지 않다 44.5%

④ 나쁘다 3.6%   ⑤ 매우 좋지 않다 0.7%

교양 일본어를 배우는 학생

① 매우 좋다 1.4%   ② 좋다 27.7%

③ 다른 나라와 특별히 다르지 않다 54.6%

④ 나쁘다 1 5.6%   ⑤ 매우 좋지 않다 0.7%

이공계 학생

① 매우 좋다 0%   ② 좋다 13.1%

③ 다른 나라와 특별히 다르지 않다 74.6%

④ 나쁘다 11.5%   ⑤ 매우 좋지 않다 0.8%

이 자료들을 보면 일본이라는 나라에 대한 이미지는 전체 응답에서 긍정적('매우 좋다'와 '좋다'의 합계)이 42.4퍼센트, 부정적('나쁘다'와 '매우 나쁘다'의 합계)이 15.0퍼센트인 것에 비해 이 공계는 긍정적 응답과 부정적 응답이 각각 22.9퍼센트와 24.4퍼센트로 거의 비슷하게 나왔다. 일본어를 교양 과목으로 배우는 학생은 긍정적 응답이 41.2퍼센트, 부정적 응답이 21.2퍼센트며 일본어 전공인 학생은 긍정적 응답이 62.6퍼센트, 부정적 응답이 2.9퍼센트라는 결과가 나왔다.

이처럼 일본어를 접할 기회가 그다지 없거나 전혀 없는 이공계 학생은 일본이라는 나라와 일본인에 대해 부정과 긍정이 비슷하지만, 교양 과목으로라도 일본어를 접하는 학생들에게는 일본과 일본인에 대한 긍정적 이미지가 부정적 이미지를 앞서고 있다. 그리고 일본어 전공자는 긍정적 이미지가 부정적 이미지를 훨씬 앞선다는 결과를 얻을 수 있었다.

더욱이 이 조사에서는 다음과 같은 조사도 실시했다.

■ **일본어에 대해 어떤 이미지를 가지고 있는가?**

전체 응답

① 좋아한다 48.1% ② 보통이다 41.5% ③ 싫어한다 9.7%

일본학과 및 일어일문학과 학생

① 좋아한다 69.1% ② 보통이다 28.1% ③ 싫어한다 2.8%

교양 일본어를 배우는 학생

① 좋아한다 51.1% ② 보통이다 38.1% ③ 싫어한다 10.8%

이공계 학생

① 좋아한다 23.7% ② 보통이다 60.3% ③ 싫어한다 16.0%

이 결과를 보면 이공계보다는 교양 일본어 이수자가, 그보다는 일본어 전공자가 일본어에 대한 긍정적 이미지를 가진 사람이 많다. 좋아하기 때문에 공부하기로 했는지 공부하는 사이에 좋아졌는지는 앞으로 더 조사와 연구가 필요하지만, 적어도 일본어를 공부하는 것에 대해 학생들이 옛날과 같은 갈등을 품지 않고 있는 것으로 보여 기쁘게 생각한다. 그리고 무엇보다 일본어를 더욱 많이 공부하는 학생일수록 일본과 일본인에 대해 좋은 이미지를 가진 사람이 많다는 것이 기쁘다.

10여 년 전에 한국인 사회언어학자가 재미있는 앙케트 조사를 한 것이 있는데, 거기에서 '외국어를 떠올릴 때 어떤 언어가 가장 먼저 떠오르는가?'라는 물음에 한국인은 영어 · 일본어 · 프랑스어 순으로 응답했다. 반면 일본인은 영어 · 프랑스어 · 독일어 순이었다.

이미 말했던 2002년 한 · 일 월드컵 공동 개최의 영향과 '한류'라고 불리는 드라마와 영화의 폭발적 인기 덕분에 일본에서는 한국어를 배우는 사람이 늘고 있다는 이야기를 들었다. 공부하면 할수록 그 나라와 그 민족을 이해할 수 있게 되고 한층 좋아하게 된다면 양국 모두에게 이보다 좋은 일은 없다고 생각한다.

「짱구는 못 말려」와「겨울연가」의 위력

일본어 · 한국어 학습 동기

작년에 한국인 친구와 베이징에서 개최된 학회에 참석했을 때 망중한을 즐기며 거리를 산책하고 있었다. 그때 그 친구가 갑자기 이런 말을 했다.

"중국인들이 이야기하고 있는 것을 듣다 보면 싸우는 것 같아요"

중국 내에는 다양한 말이 있어 뭉뚱그려 말할 수 없겠지만, 사람들의 말소리를 듣고 있으면 독특한 성조 때문인지는 몰라도 활기차게 주고받는 말소리가 마치 싸우는 것처럼 들리는 것이었다.

그런데 그 순간 문득 '그렇다면 한국 사람들에게 일본어는 어떻게 들릴까?' 하는 생각이 들었다. '한국인 대학생의 일본,

일본인, 일본어에 대한 의식과 이미지 형성에 영향을 끼치는 요인에 대해서'라는 조사·연구에서 일본어에 대한 개별 이미지에 관해서 학생들에게 질문을 했었다.

　일본어의 이미지에 관해 ① 무례하다, ② 정중하다, ③ 어느 쪽도 아니다, 라는 선택지 중에서 선택하게 했더니 일본어 전공자의 약 70퍼센트와 교양 일본어 이수자의 약 44퍼센트가 '② 정중하다'를 선택했고 일본어와 별 관계없는 이공계 학생 가운데 '② 정중하다'라고 응답한 비율은 32퍼센트에 그쳤다.

　그러고 보니 내가 가르치고 있는 학생들은 말할 나위 없고 일본어를 접할 기회가 많은 한국인은 대부분 입을 모아 일본 여성이 이야기하는 말소리를 듣고 있으면 애교스럽게까지 느껴진다는 말을 한다. 나로서야 반가운 이야기가 아닐 수 없다.

　나는 3~4년에 한 번씩 내가 가르치는 학생들을 대상으로 일본어 학습자에게 '왜 일본어를 배우고 있는가?'라는 앙케트 조사를 하고 있는데, 지난 2003년 5월에 실시한 조사 결과는 다음과 같았다.

왜 일본어를 배우고 있습니까?(복수 응답 가능)
　① 일본을 알고 싶다
　② 다른 외국어보다 재미있을 것 같다
　③ 다른 외국어보다 쉬울 것 같다
　④ 일본, 일본인, 일본 문화에 흥미가 있다
　⑤ 일본어가 지정되어 있어 공부해야 한다

⑥ 매스컴의 영향을 받았다

⑦ 친구의 영향을 받았다

⑧ 부모님의 영향을 받았다

⑨ 일본의 영화, 텔레비전 프로그램에 흥미가 있다

⑩ 일본의 만화, 애니메이션에 흥미가 있다

⑪ 일본어로 된 문헌 자료를 읽고 싶어서

⑫ 일본 여행을 하기 위해서

⑬ 학점이 취득하기 위해서

⑭ 취직을 위해서

⑮ 유학을 위해서

⑯ 기타

이 가운데 응답자가 많이 선택한 것 순으로 보면 '④ 일본, 일본인, 일본 문화에 흥미가 있다'가 31.9퍼센트, '① 일본을 알고 싶다'가 31퍼센트, '⑭ 취직을 위해서'가 27.6퍼센트, '⑩ 일본의 만화, 애니메이션에 흥미가 있다'가 26.7퍼센트, '⑫ 일본 여행을 하기 위해서'가 21.6퍼센트였다.

10년 전 조사에서는 '일본을 이기고 싶어서'라는 응답도 볼 수 있었지만 이 조사에서 그런 응답은 볼 수 없었다. 입학시험의 면접에서 학습 동기에 대해 '일본의 만화, 애니메이션에 흥미가 있어서'라고 대답하는 학생이 적잖다. '스튜디오 지브리'의 영화 「센과 치히로의 행방불명」은 한국에서도 좋은 흥행 성적을 남겼고 텔레비전에서는 「짱구는 못 말려」가 아이들에게

웃음을 주고 있다. 그런가 하면 일본에서는 「겨울연가」, 「아름다운 날들」, 「올인」, 「대장금」 등의 드라마가 한국어 학습 열풍에 크게 공헌하고 있다. 만화 때문이든 드라마 때문이든 서로의 언어를 배우려고 열심인 사람들이 있는 두 나라는 틀림없이 10년 전보다 가까워진 것일 게다. 그야말로 격세지감을 절실히 느끼게 된다.

04

몸 · 體

나 홀로 명절을

한턱내기의 묘수 터득하기

맛있는 한국 1

맛있는 한국 2

맛있는 한국 3

"거기 파출소죠? 파출부 부탁합니다"

'변변치 않지만', '뭐, 내가 이 정도밖에'

물건에 둘러싸여 사는 사람들

온돌이 있어 따뜻한 겨울

내 목욕물은 어디로

점점 작아지는 매니큐어

시대와 함께 변한 결혼식

양반은 자전거를 타지 않는다

세상을 온통 붉게 물들였던 한 달

나 홀로 명절을

한국과 일본의 명절

한국의 명절 추석에 해당하는 일본의 오봉(お盆, 백중절)은 조상의 영혼을 맞이하고 공양하는 날이다. 지방에 따라 조금씩 차이가 있으나, 일반적으로 음력 8월 13부터 15일까지다. 매년 이때는 민족의 대이동이라 해도 좋을 만큼 귀성러시로 도로 전체가 몸살을 앓는다는 점에서도 한국의 추석과 똑같다.

한국의 추석 아침에는 차례를 지낸 후 친척이 모두 모여 성묘를 간다. 산소에 도착하면 그해에 수확한 햇과일과 햇곡식으로 지은 밥, 술, 송편 등을 공양한다. 조상에게 효심을 표하는 중요한 일인 공양이 끝나면 잔치가 시작된다. 조상에게 공양했던 음식을 나누어 먹으며 일가친척이 즐거운 시간을 보내는 것이다. 이날은 많은 한국인에게 조상을 공경하고 친척과 재회하는 날인 동시에 추수감사절이기도 하다. 음식은 각 가정의 여자들이 준비하며, 많은 친척을 대접하기 위해 넉넉하게 준비한다. 그 때문에 한국의 여성들은 명절 스트레스에 시달린다고 한다.

한편 나를 포함해 재한 외국인에게 추석 기간은 다소 쓸쓸한 휴일이 된다. 학교의 식당이나 거리의 음식점도 문을 닫아 주로 외식을 하는 나 같은 사람은 세 끼 식사를 해결하는 일조차 여의치 않다. 텔레비전을 켜면 아나운서가 딱하다는 듯 "인도네시아 출신인 ○○○ 씨는 즐거운 추석에 동향 친구들과 모국의 음식을 만들며 고향을 그리고 있습니다"라고 전하거나 한다.

딱한 외국인(?) 중 한 명인 나는 오랜 한국 생활의 경험에서 추석 대책에 만전을 기하고 있다. 미리 송편을 잔뜩 사서 냉동시켜 두는 것이다. 평소처럼 친구나 학생들과 함께 식사하지 못하는 것은 유감이지만 맛있는 송편을 듬뿍 먹을 수 있다고 생각하면 내 나름대로 추석이 기다려진다.

만전의 태세로 추석을 맞은 몇 년 전의 추석 당일 아침, 같은 아파트에 사는 학생과 그 어머님이 찾아왔다. 막 만든 송편과 부침개, 나물, 과일을 한데 담아 들고 와준 것이다.

"사이토 교수님은 일본에 가지 않고 혼자 추석을 지내고 계시니 딸이 꼭 음식을 드리고 싶다기에 일찍 일어나 둘이서 준비했어요"

그 어머님의 말씀이 너무나 고마웠다. 이런 넉넉한 마음 씀씀이 덕분에 맛있는 음식에다 쓸쓸한 외국인이기는커녕 행복한 추석이 되는 덤까지 받았다.

한국의 또 다른 중요한 명절은 설날이다. 일본에서는 한국과는 달리 대부분이 양력으로 1월 1일에서 3일까지 설을 쇠며, 한국처럼 귀성 러시가 빚어진다. 12월 31일에는 설을 맞이하기 위해 집 안 대청소를 하며 대문 앞에는 소나무 장식 등을 세우고 떡 등을 준비한다. 저녁이 되면 한국의 KBS처럼 공영 방송국인 NHK의 「코하쿠우타갓센」(紅白歌合戰)을 보느라 텔레비전 앞에 모인다. 「코하쿠우타갓센」은 남자 가수는 백색 팀, 여자 가수는 홍색 팀이 되어 노래로 승부를 내는 프로그램인데 지금은 예전만한 인기를 누리지 못하나 많은 가정에서 이것을 보며 제야의 종소리를 듣고 장수를 기원하는 의미에서 메밀국수를 먹는다.

또한 설 기간에 먹을 음식인 오세치(お節)를 미리 장만해 둔다. 하지만 뭐니 뭐니 해도 대표적인 설날 음식은 한국의 떡국과 비슷한 오조니(お雑煮)다. 여느 음식과 마찬가지로 오조니는 지방과 가정에 따라 조금씩 다르기는 한데, 칸토 지방에서는 맑은 국물인 스마시지루(澄まし汁)에 네모난 떡을 사용하고 칸사이 지방에서는 된장 국물에 동그란 떡을 사용한다. 큐슈 지방처럼 팥앙금이 든 떡을 넣는 곳도 있다. 가정에 따라서는 고기를 넣기도 하고 다양한 채소를 넣기도 한다. 그리고 12월 31일 밤부터 새해 첫날 아침에 걸쳐 첫 참배를 하기 위해 몰려드는 사람들로 절이나 신사는 문전성시를 이룬다.

반면 한국에서는 설날 당일은 아침 일찍 일어나 차례를 지낸다. 차례상에는 가정에서 준비한 술, 밥, 떡, 전, 구이, 국, 건어

물, 나물, 과일, 과자 등을 올린다(음식의 종류는 지역과 가정에 따라 조금씩 다르다). 예전에는 남자들만 차례에 참여하고 가장 연장자가 차례를 진행해 나갔지만, 최근에는 여성과 아이들도 참석하는 가정이 늘고 있다고 한다. 차례를 지낸 후에는 음복을 하는데, 이는 조상에게 공양한 술을 자손들이 나누어 마시며 복을 나누어 갖는다는 의미다.

차례를 지내고 나면 떡국을 먹는다. 쇠고기, 파, 멸치 등을 넣고 끓인 국(가정에 따라 다르다)에 얇게 썬 떡을 넣는 깔끔한 음식이다. 한국에서는 세는 나이를 쓰는 경우가 많으며, 떡국을 먹으면 한 살을 먹는다고 한다. 그후 어른에게 세배를 올린다. 가족 가운데 가장 연장자부터 아랫사람들에게 세배를 받으며 아랫사람은 장남, 장남의 장남, 장남의 차남, 장남의 장녀, 장남의 차녀, 장남의 아내, 차남, 차남의 장남 하는 식으로 서열에 따라 차례차례 '새해 복 많이 받으세요'라는 인사말을 하며 세배를 한다.

한국의 어린이에게 정월의 즐거움은 세뱃돈이며, 일본의 어린이 역시 마찬가지로 세뱃돈을 받는다. 한국의 기업은행에서는 2002년 세뱃돈의 액수에 관해 조사했는데 '한 명당 2만 원 미만'이라는 응답이 66퍼센트를 차지했다. 마침 일본에서도 2002년에 같은 내용의 조사를 실시한 결과에서 초등학교 저학년이 평균 3천 182엔(약 2만 7천 원), 고학년이 3천 968엔(약 3만 4천 원)으로 나왔다.

정월 특유의 놀이로는 윷놀이, 널뛰기, 건강과 장수를 기원하는 연날리기 등이 있다. 성인 남자들은 술을 마시거나 화투를 치기도 한다. 그동안 여자들은 가족을 위해 묵묵히 음식을 준비하고 설거지를 하며 앉을 틈도 없이 바삐 일한다. 남자들과 아이들이 느긋하게 즐기고 있을 때 여자들이 가사에 쫓기는 것은 추석과 다를 바 없다.

연하장은 1월 초순에 보내는 사람이 많고, 일본처럼 정월까지 우체국에서 가지고 있다가 일제히 배달하는 시스템은 없다. 특히 두 나라가 다른 것은 한국에서는 종교를 가지고 있는 사람이 15세 이상 국민 중 53.6퍼센트에 이르며, 그중 무려 48퍼센트에 이르는 사람이 기독교(가톨릭과 개신교를 합한 것)를 믿기 때문에 연하장보다 크리스마스카드를 보내는 사람이 많다는 점이다.

여기서 소개한 추석과 설날에 관한 이야기는 어디까지나 전형적인 스타일일 뿐, 가정과 지역에 따라 예법과 내용이 다소 다를 수 있다. 이렇게 조상과 윗사람을 공경하고 가족의 끈을 소중히 여기는 마음은 한국인 사이에 오래전부터 내려오고 있는 뿌리 깊은 유교사상에서 비롯된 것이라고 해도 좋을 것이다.

일본의 설음식 오세치
일본에서는 설날이 다가오면 형형색색의 음식이 담긴 오세치 요리의 광고가 신문지상을 장식한다. 원래는 설 기간에는 금기시하는 불을 다루지 않도록 미리 음식을 장만해 둔 데에서 유래했다고 한다. 오세치 요리는 옷칠을 한 주바코(重箱)라고 부르는 찬합에 구이, 조림, 초절임 등을 한 음식을 층층이 담아낸다. 또 여기에 들어가는 음식 재료에는 각각 의미가 있는데 새우는 장수를, 멸치는 풍작을, 황밤은 재산을, 청어알은 자손 번영을 상징한다.

한턱내기의 묘수 터득하기

한국식 한턱내기와 일본식 더치페이

가까이 지내는 동료 교수들과 학교 근처에 있는 식당에 갔을 때의 일이다. 그날 나는 된장찌개를 먹으면서 내내 머릿속으로는 카운터로 갈 타이밍을 재고 있었다.

이전 식사 때는 C교수가 밥값을 내주었고, 그전에는 D교수가, 또 그전에는 E교수가 내주었다. 그러니 이번만은 꼭 내가 내야 한다고 생각하고 있었던 것이다. 넷이 먹은 식사는 모두 합해야 그리 크지 않은 돈인 1만 4천 원이었다.

'다른 교수님이 자리에서 일어나기 전에 내가 태연한 척 계산하러 가야 하는데…. 만약 오늘도 내지 않으면 네 번 연속으로 얻어먹게 되는 셈이니 그래서는 곤란하지. 아무도 말하지 않지만 늘 얻어먹기만 하는 뻔뻔한 일본인으로 오해받을지도 몰라.'

그 식당의 된장찌개는 인근의 사람은 누구나 알 정도로 맛있다고 소문이 나 있지만, 그날은 한가로이 맛을 음미할 상황이 아니었다. 겉으로는 생글생글 웃으며 잡담을 하지만 내심 '어떡하면 생색 내지 않고 카운터로 갈 수 있을까?' 하고 걱정하느라 안절부절못했다.

다른 사람들이 슬슬 다 먹어 갈 시기를 적당히 가늠하여 슬쩍 자리에서 일어났다. 마음속으로는 전투 개시다. "그럼, 오늘은 제가 낼게요"라고 태연하게 말하며 재빨리 카운터로 가서 계산을 끝마쳐야 하는 것이다.

돈을 내고 나니 겨우 한시름 놓였다. 허풍이 아니라 정말이지 큰일 하나를 치러 낸 기분이었다. '밥값 계산 정도로 호들갑은…' 이라고 생각하지 말기 바란다.

한국에서는 여러 명이 같이 식사할 때 자기가 먹은 음식값은 자기가 내는 더치페이에 대한 인식이 적다. 누군가가 몽땅 내는 것이 당연하며, 대체로 먼저 가자고 한 사람이 그 임무(?)를 떠맡는다. 또 나이와 지위의 차가 분명할 경우 연장자가 계산하는 것이 관례다. 그리고 내 경우처럼 동년배에 지위도 거의 비슷하고 함께 식사할 기회가 잦은 경우는 돌아가면서 낸다.

'폐도 호의도 친절도 서로 주고받는다'라는 사고가 일상생활 깊이 배어 있어 살 때가 있으면 얻어먹을 때도 있다는 생각이 배경에 깔려 있는 것이다. 돌아가면서 내는 한국식 문화에 익숙지 않은 외국인으로서는 자신이 낼 순서를 헤아리면서 당연하다는 듯 아무렇지 않게 계산하는 것은 어려운 일이다. 더욱이 이 '한턱 시스템'을 잘 소화해 내지 못하면 한국의 친구들과 원활한 교제를 하기 힘들다.

이미 15년이 넘게 한국에 살고 있으면서 여전히 '한턱내고 한턱 대접 받기'를 제대로 하지 못해 가급적 혼자 밥을 먹는다는 일본인도 있다. 반면에 일본인 사업가에게 초대를 받아 일부러 차를 가지고 먼 레스토랑까지 갔는데 계산할 무렵 자기 것만 내는 것을 보고 '이게 무슨 짓이야!' 하고 분개한 한국인도 있다.

일본인 역시 접대를 할 때는 초대한 사람이 낸다. 데이트할 때 남자가 비용의 대부분을 내는 일이 많다. 그리고 직장이나 학교 등에서는 때때로 선배가 후배의 몫까지 내는 일 또한 있다. 같은 입장, 비슷한 연배의 친구끼리도 '기분 좋은 일이 있어서', '아르바이트 급료를 받아서', '전에 신세를 져서', '실연당해 우울해 하는 친구를 위로해 주고 싶어서' 등의 이유로 한턱 내는 일도 있다. 다만 매번 누군가가 모든 계산을 하는 것이 일상화·관례화되어 있지는 않다. 고작해야 총액을 인원수로 나누어 남자가 여자보다, 선배가 후배보다 약간 더 내는 등 '미세 조정식 더치페이 시스템'을 취하는 것이 일반적이다.

하지만 같은 일본 내에서도 지역에 따라 완전 더치페이 시스템을 취하는 곳과 비교적 한턱 시스템이 세력을 떨치는 곳으로 나뉘어 있는 모양이다. 가령 토쿄에서는 한턱 시스템이 상대적으로 우세하다. 선배는 월급을 받기 전이라 돈이 부족해도 약간 무리해서 후배에게 한턱을 내거나 남자는 친구에게 돈을 빌려서라도 데이트 비용을 내거나 한다. '그날 번 돈은 그날에 써버

린다(宵越しの金は持たない)'라는 토쿄 토박이 기질 때문인지 '무사는 먹지 않아도 이를 쑤신다(武士は食わねど高楊枝)'에서 온 허세 때문인지는 확실치 않지만, 다음번에는 상대방이 낼 것을 기대하지 않는 동시에 '이 자리에서 내가 계산하지 않으면 꼴사납다'라고 생각하는 것이 토쿄 사람의 정서다. 게다가 '내가 한턱낼게요'라는 말은 하지 않으며, 상대방이 자신의 몫을 내려고 하면 '됐어요 신경 쓰지 마세요'라며 사양한다.

그런데 상인 문화가 연면히 살아 있는 오사카에서는 정확하게 각자 부담을 하는 것이 당연한 일이다. 한턱낼 때는 그냥 지나치지 않고 '오늘은 내가 낼게요'라고 분명하게 밝힌다. 이런 칸사이 사람들은 토쿄 사람들을 겉멋이 들었다(ええかっこしい)고 평가한다.

어느 쪽이 한국인의 기질에 더 가까운지를 판단하기는 어렵지만, 일본에서 유학했던 한국인 중에는 각자 부담이 기본인 문화에 처음에는 당혹스러워 모처럼 즐겁게 식사했는데 쩨쩨한 기분이 들어서 싫었다고 털어놓는 사람도 있다. 하지만 일단 익숙해지고 나면 자신이 먹은 것만 염두에 두면 되니 편해서 좋다는 한국인도 있다.

결국 일본에서는 직장에서 상사가 부하에게 "같이 식사라도 할까?" 한 경우 부하는 상사가 한턱낸다고 생각하며, 교수가 학생에서 그렇게 제안한 경우 학생은 교수가 식사 값을 내는 것으로 생각하는 것이 일반적이다. 예전에는 열 명이 넘는 학생들과 식사를 해도 교수님이 전부 부담했다고 한다. 그러나 요즘은 교수의 경제력이 전만 같지 않은 탓인지 어느 정도는 교수가 치르고 나머지는 학생들이 나누어 내는 식이 많다. 현재의 나 자신을 돌아보아도 예전의 선배 교수들이 더 부자였는지, 더 관대했는지, 아니면 학생들을 사랑하는 마음이 더 컸던 것인지 잘 모르겠다.

실제로 한국에서 학생들끼리는 서로 용돈이 부족하다는 것을 잘 알기 때문에 술을 마시러 가도 돈을 모아서 낸다. 어쨌든 나는 한국 특유의 한턱내고 한턱 대접 받는 시스템에 적응하는 사이에 그들과 허물없는 친구가 될 것이라고 생각하여 이 시스템에 적응하기 위해 무진 노력을 기울이고 있다.

맛있는 한국 1

음식점을 통해 본 한국과 일본

한국 여행을 하는 일본인의 3대 목적은 음식, 미용, 쇼핑이라고 한다. 여기에 덧붙여 요즘은 '한류 스타가 출연한 드라마나 영화의 촬영지 여행'이 늘고 있는 추세다. 한국 음식에 관한 한 이제는 일본 가정의 식탁에서도 쉽게 불고기, 찌개를 볼 수 있게 되었다. 비빔밥, 김, 신라면, 부침개 등은 조금 눈치 빠른 슈퍼마켓을 이용하면 대체로 손에 넣을 수 있다. 김치, 나물은 말할 나위도 없다.

다만 아쉽다면 아쉬운 점은 일본의 한국 식당이나 고깃집에 가면, 한국인이 경영하고 있는 가게라도 서비스는 어디까지나 일본식이라는 것이다. 한국에서는 고기뿐 아니라 찌개 하나를 시켜도 나물, 김치, 샐러드, 상추, 깻잎 따위가 같이 나오지만 일본의 식당에서는 따로따로 주문해야 한다.

이는 한국의 식문화에 상다리가 휠 정도로 음식을 내어야 손님을 잘 대접했다고 생각하는 관습이 있기 때문이다. 일본인인 나로서는 빼곡히 올라온 반찬 중에 젓가락을 대지 못한 것이 종종 있다. 어릴 적부터 일단 식탁에 오른 음식은 모두 먹어야 한다는 교육을 받아 온 나로서는 깨끗하게 먹어 치울 수 없는 데 죄책감마저 느낀다.

그러나 음식점에서는 서비스로 낸 반찬을 손님이 남겨도 전혀 상관하지 않는다. 오히려 적게 내놓으면 인심이 야박하다고 생각한다. 그런 한국인다운 진수성찬 문화에 익숙해진 나로서는 일본의 고깃집에서 김치 한 접시에 500엔을 빼앗기고 상추에 500엔을 빼앗길 때마다 왠지 모르게 섭섭한 마음이 든다.

그리고 한국의 음식점에서는 배불리 고기를 먹고 슬슬 돌아갈 때면 "식사는 뭘로 하시겠어요?"라는 질문을 받는다. 이미 먹은 고기로 충분히 식사가 되었다고 생각하지만 한국인들은 된장찌개나 냉면을 먹는 일이 많다. 이는 오래전에 고기가 귀했을 때 고기를 적게 먹고 밥이나 면으로 배를 채웠던 관습이 지금까지 남아 있기 때문이라고 들은 적이 있다. 그런 연유로 고기를 먹었어도 된장찌개나 냉면을 먹어야 비로소 식사가 끝났다는 느낌이다.

여기서는 고깃집을 중심으로 설명했는데, 한국에도 일본처럼 일반 음식점과 전문 음식점이 있다. 일반 음식점에서는 한국 음식을 이것저것 먹을 수 있는데, 전문 음식점의 경우는 그 집에서 자신 있게 취급하는 요리 이외의 것은 거의 내놓지 않는다. 일본에 튀김, 초밥, 전골 등 요리 하나만을 전문으로 취급하는 음식점이 있듯이 한국의 전문 음식점에서도 삼계탕이라면 삼계탕, 비빔밥이라면 오로지 비빔밥만 메뉴에 있다. 그만큼 맛에 최선을 다해 솜씨를 발휘하여 일반 음식점과는 맛이 다른 일품요리를 내놓는다.

그리고 일본 음식점은 정통 일식과는 비슷한 듯하면서도 상당히 한국식으로 변화되었다. 일본의 노리마키(のり巻き : 김초밥)와 비슷한 김밥, 한국식 텟카돈(鐵火丼 : 초밥용 밥 위에 다랑어의 붉은 살과 고추냉이, 김을 곁들인 음식)인 회덮밥 등은 인기 메뉴다.

한국과 일본 식당의 차이점 하나
한국에서는 식당에 들어서면 대부분의 경우 손님이 알아서 빈자리를 찾아가 앉는다. 그러나 일본에서는 대개 종업원이 나와 일행이 몇 명인지를 묻고 자리를 안내해 주어야 앉을 수 있다. 성미가 급한 한국 사람에게는 불편할 수 있지만, 그런 한국 사람에게게라도 편리한 점이 하나 있다. 일본의 식당은 아무리 작은 곳이라도 거의 모두 가게 앞에 그 식당에서 취급하는 음식의 모형이 진열되어 있고 그 옆에는 반드시 가격이 적혀 있어 모르고 들어갔다가 낭패 보는 일이 없다.

맛있는 한국 2

노점을 통해 본 한국과 일본

서울의 거리를 걷는 즐거움 중 하나는 거리 여기저기에
있는 노점이 아닐까 싶다. 시장은 물론이고 내가 사는
아파트에서 버스 터미널까지 가는 길과 번화가의 작은 모퉁이
곳곳에 노점이 늘어서 있는 모습을 흔히 볼 수 있다. 한강의 얼
음이 녹는 따스한 봄날이면 노점 주위에 모인 사람들이 특히 많
아진다. 작은 트럭이나 밴에 음식을 싣고 다니는 이동식 노점,
간단한 테이블과 의자를 둔 노점, 작은 매대만 있는 노점…. 어
디나 사람들로 북적이는데, 그 광경은 너무나 한국적이다.

음식의 종류는 실로 다양하다. 먼저 일본과 아주 닮은 어묵을
파는 노점에서는 큰 냄비 안에 꼬치에 꿴 어묵이 몸을 담그고
있다. 이러한 노점은 대개 어묵뿐 아니라 김밥, 떡볶이, 주스, 두

유 등을 함께 팔고 있다. 순대도 젊은 사람에게 인기가 있다. 다음으로 많은 것이 샌드위치를 파는 노점. 철판 위에서 구운 식빵에 야채가 듬뿍 든 계란지단을 넣고 설탕을 뿌려 준다. 출근길의 샐러리맨이 죽 서 있는 모습은 흔히 볼 수 있는 아침 풍경이다. 일본과 똑같은 붕어빵도 있고 둥글게 구운 밀가루 반죽에 흑설탕과 계피가루, 땅콩 따위로 만든 소를 넣어 만드는 호떡, 군밤, 오징어도 있다. 한국 특유의 것이라면 번데기가 아닐까. 누에의 번데기를 삶은 것으로 젊은 여성들도 간식 대용으로 가끔씩 먹는다고 한다. 보기에는 꽤 징그럽지만 일단 입에 넣으면 향이 좋고 맛있다.

이렇게 간단한 음식을 파는 노점 외 파, 피망, 계란 등 단품만 취급하는 노점이 있는가 하면 산더미처럼 쌓아 올린 과일이나 꽃을 파는 노점도 있다.

일전에 거리에 있는 노점 중 한 곳에서 1천 원에 8개짜리 알이 작은 귤을 샀다. 그런데 지갑을 보니 1만 원짜리 지폐밖에 없는 것이 아닌가. 하는 수 없이 노점 아저씨에게 1만 원짜리를 내밀자, "잔돈 없으세요? 그럼 오늘은 그냥 가지고 가세요"라고 했다. 미안한 마음에 다시 한 번 잔돈을 세어 보았지만 100원짜리 동전이 8개밖에 없었다. 아저씨는 사람 좋게 웃으며 괜찮다고 했다. 그래서 "그럼 내일 꼭 드릴게요"라고 하자, "그럼 내일이든 모레든 지나는 길에 주세요"라며 귤을 봉지에 담아 주었다.

나야 마침 그때 잔돈이 없었을 뿐이나 노점의 아저씨는 어디에 사는 누구인지 모르는 행인에게 상당히 너그럽다. 아무리 값

나가는 물건이 아니었다고 해도 아저씨의 마음 씀씀이는 정말 따스하고 고마웠다.

땅거미가 지기 시작할 무렵부터는 노점의 종류는 급변하여 가벼운 안주와 술을 파는 포장마차로 바뀐다. 일본에서는 포장마차라고 하면 '중년 남성의 쉼터'라는 이미지가 있지만 한국에서는 중년은 물론 주머니가 가벼운 젊은 사람들도 부담 없이 찾는다. 일본에서는 2003년에 상영된 영화 「엽기적인 그녀」에서 남자 주인공 견우가 여자 친구를 다른 남성에게 부탁한 후 포장마차에 앉아 술을 마시며 상심을 달래는 장면이 나온다. 텔레비전 드라마 역시 포장마차에서 소주를 마시며 데이트를 즐기는 연인들이 종종 등장한다.

안주는 앞에서 소개한 어묵, 순대, 떡볶이 외에 잡채, 튀김, 생선회 등 포장마차의 취향에 따라 만들어 내고 있다. 한국이 가진 다양한 식문화의 일단은 원기 왕성한 아저씨, 아주머니가 운영하는 이런 노점이 짊어지고 있다는 기분이 든다.

일본의 포장마차 야타이

한국의 포장마차에 해당하는 일본의 야타이(屋台)에서는 라멘, 타코야키(밀가루 반죽에 문어, 파 등을 넣어 구워 내는 음식), 오뎅 따위를 팔지만 한국에서처럼 다양한 메뉴를 가진 야타이는 없다. 밤늦은 시간 얼큰하게 취한 샐러리맨이 거리의 야타이에서 라멘으로 속을 달래고 있는 모습은 흔히 볼 수 있는 광경이다.

맛있는 한국 3

한국의 대표 음식 김치

앞에서 이야기했지만, 한국 음식점에서 김치는 물론 반찬까지 무료로 무조건 나온다. 일반 가정의 밑반찬으로서 김치는 빼놓을 수 없다. 또한 가정의 반찬에는 각종 김치 외에 두고두고 먹을 수 있는 찜, 조림, 무침, 김 등이 있다. 그날의 주 반찬이나 국 말고 반드시 밑반찬이 몇 가지 올라온다. 식탁을 차릴 때는 식사를 하는 인원수에 맞게 각각 작은 그릇에 담는 것이 아니라 반찬 한 가지는 접시 하나에 담아 함께 먹는 경우가 대부분이다.

한국에서 밑반찬이 발달한 것은 겨울의 추위가 매섭고 신선한 채소가 적었던 때문이다. 이제는 계절에 상관없이 언제 어디서든 신선한 채소가 흔해졌지만 말려서 보존해 둔 채소를 물에 넣어 푹 끓이거나 볶아서 먹던 옛 식습관은 고스란히 남아 현대에도 숨쉬고 있다. 김치 역시 그런 식품의 하나로 유산균을 발효시킨 식품이라 정장 작용, 항산화 작용, 암 예방 효능이 있다고 한다.

여담이긴 하나, 일본인의 김치 사랑은 한국을 제외하면 가히 세계적이다. 2003년 일본의 김치 연간 생산량은 약 38만 톤이나 된다고 한다. 시판되고 있는 일반적인 아사즈케(통째로 말린 무, 가지, 오이 따위를 소금과 누룩이나 겨에 절인 것)가 16.4만 톤 정도고 타쿠왕(단무지)이 약 9톤이라는 점을 감안하면 김치가 일본의 식생활에 완전히 정착되어 있음을 알 수 있다.

그 때문에 여러 해 전에는 일본에서 생산하고 있는 김치와 본고장 한국에서 생산하고 있는 김치 사이에 논쟁이 벌어져 한국산 김치는 kimchi, 일본산 김치는 kimuchi로 일단락된 모양이다.

그런데 14년 전 부임했을 당시는 매운 음식에 자신이 없던 나는 수북하게 담긴 김치를 먹고 입에서 불을 뿜어냈던 기억이 있다. 하지만 익숙해지고 나니 일본의 집에 돌아가서도 맛있는 김치가 없으면 왠지 허전한 느낌이 드는 것이었다. 게다가 김치를 담그는 것이 한국 주부의 중요한 일이라는 것을 알고는 나도 한번 담가 보고 싶은 생각마저 들었다.

서울 등 대도시에서는 엄청나게 많은 양의 김장을 담그는 일이 점차 사라져 가고 있고 시판되는 김치를 사 먹는 사람이 늘고 있는 모양이지만, 그래도 맛있는 김치를 담글 수 있는 것이 결혼의 조건이라고 말하는 남자가 여전히 있다고 한다. 김치는 배추, 무, 오이뿐 아니라 다양한 채소를 사용하고 있고 해산물을 넣기도 하여 재료에 따라 200가지가 넘는 종류가 있다고 한다. 더욱이 각 가정마다 전해 내려오는 비법이 다르니 그 다양성은 수백, 수천에 이른다고 할 수 있다.

어쨌든 그런 저런 이유로 '나만의 김치'를 만들어 보고 싶어진 나는 동료 교수에게 담그는 방법을 배우기로 했다. 배추, 오이, 무, 깨, 부추, 실파, 마늘, 고추, 생강 그리고 어패류를 발효시킨 젓갈 등이 준비되었는데 가정이나 지역에 따라서는 버섯, 배나 사과 같은 과일, 꿩고기, 생선 등 다양한 재료를 첨가한다고 한다. 이러한 재료들을 보니 영양가가 높다는 사실을 한눈에 이해할 수 있을 뿐 아니라 맛 자체가 심오한 것에 수긍이 갔다.

내친 김에 밑반찬 만들기까지 배우고 갓 담근 김치를 시식해 보았다. 진한 맛이 나는 김장 김치가 맛있지만 내가 직접 담근 김치는 비록 충분히 맛이 배지 않았어도 더없이 맛있었다. 이것만 있으면 밥이 절로 넘어갈 지경이었다.

얼른 집에 돌아와 나는 복습을 겸해 배추김치, 오이소박이, 깻잎김치에 도전했다. 불안하게 지켜보는 딸에게 "제대로 담그게 되면 엄마의 손맛을 전수해 줄게"라고 큰소리를 치며 즉시 작업을 시작했다. 좀 전에 배운 조리법대로 재료를 넣고 순서에 따라 만들면 맛이 없을 리가 없다.

그러나 이튿날 아침 먹은 깻잎김치와 오이소박이는 뭔가 빠진 듯한 맛이었다. 사흘이 지나 기다리고 기다리던 배추김치를 먹어 보았지만 이것도 마찬가지였다. 아무리 알려 준 대로 만들어도 맛있는 김치를 하루아침에 담글 수는 없는 일이었다. 엄마의 손맛을 내기 위해서는 아직 많은 수련을 쌓아야 할 모양이다.

"거기 파출소죠? 파출부 부탁합니다"

이사에서 보는 한국인의 합리성

한국에 와서 나는 이사를 네 차례 경험했는데, 일본과
한국은 집세 시스템이 상당히 다르다. 일본처럼 보증
금이나 사례금이 없는 대신 한국에는 세 가지 방법이 있으며,
세를 얻는 사람이 자유롭게 선택할 수 있다.

첫 번째로 전세라고 하여 집을 얻을 때 1년 또는 2년분의 보
증금을 집주인에게 맡기고 계약 기간이 지나면 그 돈을 돌려받
는 방법이다. 가령 내가 살고 있는 서울 시내의 32평 아파트를
예로 들면 세를 얻는 사람은 전세금으로 꽤 큰돈을 한꺼번에 지
불한다. 집주인은 그 돈을 계약 기간 동안 운용하여 이익을 얻
는다.

두 번째는 월세라고 하여 일본의 임대 시스템처럼 매달 집세

를 지불하는 방법이다. 세 번째는 전세와 월세를 절충한 것으로 전세금보다는 조금 적은 돈을 보증금으로 내고 월세를 집주인에게 주는 방법이다. 이것 역시 계약 기간이 끝나면 보증금은 모두 받을 수 있다. 나는 지금 이 시스템을 이용하고 있는데, 일반적인 시중 은행의 정기 예금 이율은 연 4퍼센트 가량이기에 가능한 임대 시스템이다. 일본과 같은 저금리라면 성립되지 않을 것이다.

다음으로 이사 방법을 보자. 부동산 중개소에서 마음에 든 집을 찾으면, 그 집을 실제로 살펴보는 것은 일본과 같다. 그런데 그 집에는 사람이 살고 있는 경우가 많다. 그도 그럴 것이 새로운 계약자가 지불하는 전세금을 받아서 집주인이 그 집에서 나올 세입자에게 돌려주는 일이 많기 때문이다. 그러니 집주인으로서는 현재 살고 있는 세입자가 나올 타이밍과 새로운 세입자가 들어올 타이밍을 거의 동시에 이루어지게 하는 편이 합리적이다.

이런 사정 때문에 자신은 이사를 하고 싶어도 다음에 입주할 사람이 나설 때까지 기다려야 하는 사태가 발생할 수 있다. 그중에는 부동산 중개업자에게 여벌 열쇠를 맡기고 자신이 외출했을 때 집을 보고 싶어하는 사람에게 구경시켜도 상관없다는 사람이 있다. 아무리 부동산 중개업자나 집주인이 동행한다고 하더라도 이 대범함은 일본인으로서는 상상하기 어려운 일이다.

아무튼 마음에 드는 방을 찾으면 계약을 맺고 이사에 들어간다. 일본에서는 전에 살았던 사람이 집을 비우면 집주인이 청소를 하여 다음 사람이 바로 살 수 있도록 하지만 한국에서는 전에 살던 사람이 청소를 하지 않고 가는 것이 일반적이다.

몇 번 이사를 경험한 내가 친구에게 "내 물건을 정리하는 것만도 힘든데 전에 살던 사람이 남겨 둔 쓰레기까지 처리해야 하다니 우울해요"라고 푸념했더니 그 친구가 이런 말을 해주었다.

"이사할 때 깨끗하게 청소해 두면 복이 날아간대요. 청소를 게을리 하는 것이 아니라 복을 남겨 둔다는 의미로 쓰레기의 일부를 그냥 두고 가는 거예요."

한국에서의 이사는 마치 도미노 같다는 생각을 할 때가 있다. 이를테면 내가 오전 중에 짐을 뺀 집에는 오후에 새로운 사람이 들어오고, 내가 오후에 새로 이사 들어갈 집의 사람은 그날 오전 중에 집을 비운다. 이렇게 이사 들어가고 나가고 하는 여러 사람이 약속을 교묘하게 맞추고 잘 들어맞는 게 신기하지만 그 어수선함은 예삿일이 아니다.

춘천에서 서울로 오는 네 번째 이사를 했을 때는 마침 이사 전날 전에 살던 사람이 나가서 주인이 서둘러 장판이며 벽지를 바꾸어 주어 쓰레기 청소부터 시작하지 않아도 되어 운이 좋았다(그렇지만 이를 하루에 다 하다니. 믿을 수 없는 속도다). 따져 보면 복을 남긴다는 관습에는 나가는 사람도 들어오는 사람도 심리적·물리적 부담을 조금 던다는 의미가 있을지 모르겠다. 이런 도미노식 이사를 하는 와중에 집을 깨끗하게 치우고 나가는 것은 무리일 것이다.

네 번째 이사의 에피소드인데, 일을 서둘러서 해가 저물기 전에 큰 가구들을 배치하고 전화를 개통하고 가스를 연결하는 등의 일을 마쳤다. 어차피 작은 짐의 정리와 청소는 내가 해야 한다. 유리창은 대개 이중창으로 되어 있으니 그것들을 혼자 닦으려면 언제 끝날지 알 수 없는 일이었다. 그래서 큰맘 먹고 파출부를 부르기로 했다. 미리 아파트 관리실에서 받아 둔 근처의 각종 시설의 전화번호 리스트를 뒤져 파출부를 찾았다. 그러자 마침 파출소라는 것이 있었다. 파출부는 파출소에 있는 게 틀림없다고 생각한 나는 바로 전화를 걸었다.

"여보세요, 파출소죠? 파출부가 필요한데요."

"네?"

"거기 파출소죠?"

"네. 경찰입니다."

알다시피 파출소는 경찰이 파견 나가 있는 곳이다. 하루 종일 짐을 옮기고 치우느라 피곤했다고는 하나 이런 말도 안 되는 착각을 한 나 자신이 우스워서 수화기를 내려놓은 후 혼자 큰 소리로 웃지 않을 수 없었다.

일본에서 집을 얻을 때 필요한 것

일본에서 집을 빌릴 때는 전세 개념이 전혀 없어 모두 월세를 낸다. 이때 내야 할 돈에 시키킨(敷金 : 한국의 보증금과 비슷)과 레이킨(礼金 : 사례금), 부동산 소개비가 있다. 시키킨과 레이킨은 주인에게 내며 경우에 따라 다르긴 하지만 월세 두 달 치에 해당하는 금액을 내는데, 시키킨은 이사를 나올 때 수리비 등을 제한 금액을 돌려받는다. 그러나 레이킨은 말 그대로 사례금이므로 일단 내면 돌려받을 수 없다. 부동산 소개비는 월세 한 달 치를 낸다.

'변변치 않지만', '뭐, 내가 이 정도밖에'

한국과 일본의 선물 문화

10년 이상 한국에서 살고 있으니 한국인, 재한 일본인을 포함하여 전국에 친구들이 늘어간다. 사람과의 교제가 넓어지면 필연적으로 선물을 주고받을 기회가 많아진다. 그리고 그 명목은 참으로 다채롭다. 생일 선물이나 크리스마스 선물뿐 아니라 여행지에서 사온 특산물, 집을 방문할 때 들고 가는 작은 선물….

내가 서울 시내로 막 이사했을 때 평소에 알고 지내던 한국인 두 사람이 집에 놀러 왔다. 두 사람 모두 열한 시경에 왔는데, 간단하게 인사를 마치자 한 사람이 "이거 넣어 둘게요"라면서 맛있어 보이는 딸기를 냉장고에 넣었다. 그리고 다른 한 사람은 가지고 온 주스를 소파 옆에 내려 둔 채 이야기를 계속했다.

금방 점심시간이 되어 내가 만든 음식을 먹은 후 둘은 한바탕 수다를 떨고 돌아갔다. 딸기와 주스를 놓아둔 채. 나는 이 딸기와 주스가 선물인지, 아니면 깜빡 잊고 간 것인지 잠시 고민했다. 나에게 준 선물이라면 "딸기와 주스를 놓고 갔죠?"라고 물어보는 것은 실례다. 하지만 반대로 잊어버리고 간 것이라면 내 마음대로 받을 수는 없는 노릇이었다.

그래서 망설이다 다른 친구에게 물어보니 이런 대답이 돌아왔다.

"한국 사람들은 선물을 들고 남의 집을 방문할 때 처음부터 '이거 선물입니다'라고 하지 않아요. 선물을 들고 왔다고 드러내 놓고 말하면 왠지 생색내는 것 같잖아요? 그게 한국 사람들 나름의 상대방에 대한 배려예요."

개인마다 차이는 있다고 하나 30대 이상의 한국인은 선물을 들고 가도 아무런 말없이 두고 가는 일이 많은 반면, 보통 일본인은 선물을 건넬 때 '보잘것없는 것이지만(つまらないものですけれど)', '입에 맞으실지 모르겠지만(お口に合わないかもしれませんが)'이라며 겸손하게 말한다. 나는 이런 관습을 몰라 처음에는 당황했지만, 지나고 보니 말없는 한국식 배려에는 실로 그윽한 멋이 있다.

친구의 설명을 듣고 마음이 개운해진 나는 집을 찾아와 준 그들의 배려에 감사하며 딸기와 주스를 잘 먹고 마셨다. 덧붙여 한국에서 이사한 집을 방문할 때는 선물로 비누나 세제, 초, 성냥 등을 선물하는 것이 관례로 되어 있다. 비누와 세제는 '거품

처럼 돈이 불어나기를', 초와 성냥에는 '불꽃이 재산과 행운을 부르기를' 바라는 의미가 담겨 있다. 요즘에는 초와 성냥을 사용할 일이 줄어들었기 때문에 그다지 구애받지 않고 상대방이 좋아할 만한 것을 고르면 되는 모양이다.

그리고 회사 등이 이사할 때는 행운을 가져온다는 돼지의 머리를 준비하여 순조로운 출발과 부를 기원하는 의미로 고사를 지내는데, 이 자리에 참석한 손님들은 정성스레 준비한 돈 봉투나 미처 봉투를 준비하지 못했다면 그 자리에서 얼마를 내어 돼지의 입에 끼우고 절을 하며 함께 행운을 기원한다. 참고로 돼지의 얼굴이 활짝 웃을수록 좋다는 말을 한다.

이사한 당사자는 새집을 보여 줄 겸 '집들이'라는 것을 한다. 상다리가 휠 만큼 음식을 준비하고 여러 차례에 걸쳐 친척이나 직장 동료, 친구들을 초대한다. 비용이 만만치 않을 것 같은데, 무엇보다 가까운 사람들 사이의 끈끈한 인간관계를 소중히 여기는 한국인다운 풍습이다.

이웃에는 새로 이사 왔다는 인사로 팥떡을 돌린다. 일본에서 메밀국수를 돌리는 것과 비슷한 의미로, 혹시나 닥칠지 모를 액운을 막으려는 생각에서 비롯된 것이라고 한다. 아파트나 맨션에서의 생활이 일반적인 현상이 된 현대에는 이러한 이웃과의 교류가 스러지고 있는 듯하여 안타깝다.

일본에서는 한국과 같은 집들이가 없으며, 한국에서처럼 이사한 집을 방문할 때 선물하는 물건에도 특별한 의미가 담겨 있지는 않다. 이사 후 이웃 사람들에게 인사하고자 한다면 작은 타월을 선물로 돌리는 정도다. 다만 집들이가 없는 대신 이사한 다음 주위 사람들에게 이사했음을 알리는 엽서를 보내는 것이 일본 특유의 이사 풍경이라고 할 수 있을 것이다.

상대방이 기뻐할 만한 물건을 주고 싶어하는 상냥한 마음은 한국과 일본이 똑같지만 그 방식에는 미묘한 차이가 있다. 일본인은 '변변치 않지만 마음이 담겨 있다', '상대방이 부담을 느낄 만한 고가의 물건을 주는 것은 오히려 좋지 않다'라고 생각하여 선물용 과자나 적당한 가격의 잡화류를 고르는 것이 일반적이다.

그런데 한국에서는 신세를 진 사람에 대한 인사로서 너무 사소한 물건을 주면 '내가 해준 일이 상대방에게 이것밖에 안 됐던 걸까…'라고까지 받아들여지는 일이 있다고 한다. 선물한 물건이 바로 그 사람에 대한 감사의 정도를 반영하는 듯하다.

나는 이런 배경을 전혀 모를 때 학교의 교수님들에게 일본 과자를 선물했는데, 그 답례로 한 교수님으로부터 상당히 훌륭한 자개 보석함을 받았다. 지금 생각해 보면 이 선물의 차이를 그 교수님은 어떻게 받아들였을까 불안해진다. 이 일은 내게 두 나라의 선물 문화의 차이가 명확하게 부각시켜 주었다고 할 수 있다. 우리 집에 놀러 오는 학생들은 미리 전화를 해서 이런 말로 나를 기쁘게 한다.

"교수님! 맛있는 고구마 케이크를 사갈게요. 기대해 주세요!"

숨길 것이 뭐 있겠나. 고구마 케이크는 내가 가장 좋아하는 음식 중 하나다.

물건에 둘러싸여 사는 사람들

수납의 차이로 보는 한국과 일본

네번째 이사를 마치고 나서 아는 사람의 소개로 어느 여성지의 기자가 인테리어 수납 특집 취재를 하겠다고 찾아왔다. 일본의 인테리어 잡지에서도 '일본에서 생활하는 외국인의 인테리어' 등이 사진과 함께 소개되는 일이 때때로 있는데, 한국에서는 내가 외국인이며 오랫동안 한국 생활을 하고 있는 여성이라는 점에서 낙점된 모양이었다.

앞서 말한 대로 32평 아파트에 혼자 살고 있기 때문에 가재도구가 그리 많지 않다. 좀처럼 사용할 기회가 없는 물건은 일본의 집에 두고 왔고 책과 자료 같은 것은 학교 연구실에 놓아둔다. 그래서 집에서는 상당히 홀가분하게 지낼 수 있는 편이다. 그런데도 일본의 주택과 비교하면 수납 공간이 압도적으로 부족하다. 여하튼 현관의 신발장, 텔레비전을 놓을 수 있도록 만들어진 거실의 작은 선반을 제외하면 이른바 수납장에 해당하는 공간은 한 곳뿐이다. 그조차 여행용 가방 대여섯 개와 손님용으로 준비해 둔 얇은 이불 하나를 넣으면 꽉 차버린다.

일본의 주택은 거의 방마다 수납장이나 옷장이 있으며, 그것만으로는 부족해 서랍장이나 장롱을 두는 일도 많지만 수납장이 전혀 없는 것은 소수다. 한 10여 년 전에는 넓어 보이게 하려고 수납 공간은 겨우 생색만 낸 맨션이 많았던 모양이나 어쨌든 수납 공간이 마련되어 있었다.

그런데 한국은 내가 사는 아파트뿐만 아니라 원래 수납 공간이 그다지 많지 않다. 다른 집을 방문했을 때 유심히 살펴보면 수납다운 수납이 거의 없는 것을 알 수 있다. 그 때문인지 한국의 가정에는 서랍장, 컬러 박스, 장롱, 화장대 등의 거치용 가구가 많고 그나마 그런 가구들에 들어가지 않는(?) 가재도구는 집안 여기저기에 전시되어 있다. 최근 2~3년 사이에 생긴 신축 아파트는 벽장이나 수납 공간을 제법 마련하고 있다고 들었지만, 일본처럼 '보여 주지 않는, 보이지 않는 수납'을 좋다고 여기는 인테리어 감각과는 차이가 있는 듯하다.

원래 한국에는 가구를 포함하여 가재도구를 보여 주는 인테리어가 주류인 것 같은 느낌이다. 드라마를 보아도 등장인물의 방은 생활 잡화나 장식물을 죽 진열하여 보여 주는 스타일이 많다. 그런 의미에서 보여 주는 인테리어를 넘어 '물건에 둘러싸인 인테리어'라고 할 수 있을지도 모르겠다.

나는 가장 작은 방 하나를 붙박이장을 만드는 대신 손님용 침대와 행거락 두 개를 넣어 두었다. 그래서 손님용 방하나가 별수 없이 물건을 넣어 두는 곳으로 변해 버렸다. 욕심을 낸다면 침실에 붙박이장이 있으면 편하겠지만 그럴 공간은 되지 않는다. 차라리 서랍장을 놓아 볼까도 생각했지만 그러면 방이 좁아져서 작은 정리함에 속옷류 등 작은 것을 넣어 두는 것으로 대신하고 있다.

취재를 온 20대 여기자는 말쑥하고 물건이 적은 내 집 여기저기를 돌아보고 몹시 감탄하며 낡은 정리함과 슈트케이스에 철이 지난 옷, 속옷, 신발 등을 종류별로 수납한 것을 보더니 사진을 찍고 싶다고 했다. 또 현관 바로 앞에는 귀가하면 곧장 주머니의 동전과 지갑의 내용물을 꺼내 두는 쟁반을 놓아두었는데, "이거 재미있네요"를 연발했다. 외출할 때 여기저기에서 찾지 않도록 편의상 그렇게 하고 있을 뿐인데 흥미를 끈 모양이었다.

그 흥미의 절정은 냉장고였다. 혼자 먹을 수 있을 만큼의 음식만 넣어 둔 냉장고를 보고 믿을 수 없다는 듯 눈을 휘둥그레 뜨며 흥분까지 하는 것이었다.

"교수님은 음식을 조금씩 사세요? 한국 주부는 냉장고에 음식을 가득 채워 두지 않으면 찜찜해 하죠. 그 때문에 썩어서 버리는 일이 많지만요"

물질이 풍요로워진 현대에도 한국의 주부는 오래전부터 내려오는 습관대로 식재료를 잔뜩 비축하는 경향이 있다. 고추장, 김치 등을 많이 저장해 둔 가정일수록 부유하다고 간주되는 것은 예나 지금이나 그리 다르지 않다. 그와 똑같이 냉장고에 잔뜩 채워 둔 식재료는 풍요로운 생활의 상징이라 말할 수 있는 것이다. 물론 나도 가족이 한국을 찾을 때나 친구들이 놀러올 때, 상점들이 문을 닫는 공휴일 직전 등에는 음식을 잔뜩 사서 넣어 둔다. 하지만 그때는 이사한 지 얼마 안 되기도 하여 냉장고 안이 거의 텅 빈 상태였다.

취재 기자는 아주 즐거워하며 냉장고 안을 찍고 나서는 텔레비전, 비디오 등의 가전제품으로 눈길을 돌렸다. 우리 집의 오디오 기기는 고장 없이 잘 돌아가서 이미 10년 가까이 사용하고 있다. 기자로부터 그것도 신기해 했다.

"이렇게 오래된 걸 왜 안 바꾸세요? 한국인은 유행에 맞춰 최신 기기 사는 걸 좋아해서 계속 새로운 기종으로 바꾸는데요"

기자의 이 말에 그저 "필요 없어서요"라고 답할 수밖에 없었다. 그것들로도 위성 방송도 보고 인터넷 서핑도 즐기는데….

오해를 두려워하지 않고 말한다면 한국인은 볼품 혹은 겉치레를 중요시한다. 조상 대대로 내려온 것을 소중히 간직하는 측면이 있는 한편으로는 신기술, 신제품, 유행하는 물건(게다가 가격이 비싼 것)을 재빨리 손에 넣는 경향이 있다.

돌아보면 일본인도 고도 성장기, 거품 경제기에는 많은 가정에서 경쟁하듯 새로운 물건을 구입했다. 물론 지금도 새로운 물건을 좋아하는 사람은 있는 법이라 아는 사람 중에는 신기종이 나올 때마다 휴대전화를 바꾸는 사람이 있다. 하지만 그것은 극히 일부의 신상품 마니아며, 아직 사용할 수 있는 가전제품을 휙휙 바꾸는 사람은 그리 많지 않다. 그에 비해 한국은 고장이 나지 않아도 바꾸는 사람의 비율이 높은 것 같다. 어찌 보면 경제 대국의 지위를 노리는 한국으로서는 새로운 상품을 요구하고 적극적으로 생활을 바꾸어 나가려는 힘이 새로운 비즈니스를 낳는 원동력이 되고 있을 수 있다.

그런 이유로 가전제품은 성능이 다소 떨어져도 오래 사용하고 자질구레한 생활 용품은 분류하여 수납하며 가능하면 거주 공간을 산뜻하고 넓게 사용하려는 나의 인테리어가 잡지 기자의 눈에는 신선하게 비쳤던 모양이다. 수십 장의 사진을 찍은 여기자는 "교수님, 오늘은 아주 재미있고 참고가 되는 유익한 취재였어요"라며 인사를 하고 돌아갔다. 그녀를 배웅하면서 마음속으로는 은근히 '혹시 이런 인테리어가 한국 사람들에게는 가난한 교수로 보이지는 않을까?'라는 걱정이 드는 나 자신을 느끼며 쓴웃음을 지었다.

온돌이 있어 따뜻한 겨울

주거의 차이

서울과 춘천 등 한국의 북부 지방은 11월이 되면 첫눈이 내리고 본격적인 겨울을 맞이한다. 문밖은 영하 20도가 넘기도 하지만, 집 안은 온돌 덕분에 얇은 옷만으로 따스하게 지낼 수 있다.

일반적으로 한국의 아파트는 일본처럼 방과 방을 잇는 마루가 없다. 일본의 주택은 거실이나 방에서 마루로 나오면 자신도 모르게 부르르 떨 정도로 추운데, 한국은 온 집 안이 따뜻하다. 옛날에는 방바닥 밑에 돌을 쌓아 올려 불구멍을 만들고 아궁이에 땔감 등을 태워 방바닥을 달구었다고 한다. 지금은 방바닥에 파이프가 종횡무진 깔려 있고 가스 또는 기름 보일러로 온수를 흘려보내는 시스템이 주류다. 재료는 플로어링이나 탄력성이 있는 소프트 매트가 많다. 바닥 전체를 데우기 때문에 일본식 난로보다 난방 효율이 높다.

일본 가정에서 겨울을 나는 난방 시설로 들 수 있는 것에는 코타쓰가 있다. 생김새는 한국의 좌식 생활에서 여러 용도로 사용되는 상과 비슷한데, 상 밑에 전기 히터를 설치한 다음 상 위에 이불을 덮고 그 위에 다시 평편한 판을 놓은 것이다. 일본식 방에 까는 타다미(疊 : 짚을 두껍게 겹쳐 실로 단단히 묶어서 만든 것) 위에서 생활해 온 일본인에게는 무척 편리한 난방 기구다. 요즘 일본 가정에서는 거실에 소파와 테이블을 놓고 지내는 게 일반적이지만, 겨울이 되면 테이블 대신 고타쓰를 놓고 추위를 녹인다.

내가 어렸을 때는 잠자리에 들 때 유탄포(湯たんぽ)를 이불 속 발치께에 넣어 두었다. 유탄포는 사기나 쇠로 만든 용기 안에 뜨거운 물을 담아 추위를 견디게 해주는 것이다. 지금은 유탄포를 거의 사용하지 않고 침대에 전기 담요를 깐다.

한국의 온돌은 밤에 잘 때도 보일러를 켜두는 데다가 방바닥에서 온기가 전해지기 때문에 담요 한 장과 얇은 이불 한 장으로 충분하다. 일본처럼 두꺼운 매트와 모포, 두꺼운 이불과 같은 침구는 필요 없다. 난방비는 그다지 비싸지 않아 잘 때 일일이 보일러를 끄거나 하지 않는다. 그런 이유로 한국에서는 집에 있는 한 추위와는 무관한 생활을 한다.

이런 환경에 익숙한 한국 학생들은 일본에 유학을 가면 비싼 난방비와 추위에 고생하는 모양이다. 내가 아는 유학생 가운데 한 사람이 일본에서는 밤에 난방을 끄고 자는 바람에 아침이 되면 얼굴이 얼 것 같다고 하기에 나는 허풍이 좀 심하다며 웃어 넘겼지만, 실제로 그에게는 웃을 일이 아니었다. 한국에 돌아오면 혹한의 한겨울에도 따뜻한 방에서 자고 일어나는 것이 당연하기 때문이다.

그런데 얼굴이 언다고 해서 웃었던 일이 남의 일이 아닌 사태가 내게 벌어졌다. 며칠간의 휴가를 일본의 집에서 보낸 후 한국의 아파트로 돌아오니 보일러가 작동하지 않는 것이었다. 평소 학교에 갈 때는 보일러 스위치를 '외출'로 해놓고 나가지만, 오랫동안 집을 비울 때는 '꺼짐'으로 해둔다. 다만 이때는 샤워기의 물을 조금 틀어 놓아야 한다. 이 주의 사항을 아파트 관리인에게서 들었지만 그만 까맣게 잊어버렸던 것이다. 결국 파이프 내에 남아 있던 물이 집을 비운 사이 추위로 얼어 버렸다. 아파트에 따라서는 건물 내를 모두 같은 온도로 관리하는 중앙난방을 하는 곳도 있으나, 내가 사는 아파트는 각 세대별로 온도를 자유롭게 설정할 수 있는 개별 난방이다. 추위를 덜 타는 나로서는 개별 난방이 낫다. 하지만 이때만큼은 '중앙난방식이라면 이런 일이 없을 텐데…'라며 조금은 야속했다.

게다가 불행하게도 아파트에 돌아왔을 때에는 이미 밤 여덟 시가 넘은 시간이어서 고치러 올 사람이 없었다. 이튿날 아침까지 어떻게든 버텨 볼 생각에 완전히 언 침대로 들어갔지만 두꺼운 이불도 없어 아무리 시간이 지나도 몸이 따뜻해지지 않았다. 손님용 이불까지 몽땅 꺼내 덮어 보았지만 얇은 것들뿐이라 여전히 추웠다. 조금 잠이 들라치면 추워서 금세 깼다. 바깥 기온은 필시 영하 10도를 밑돌 것 같았다. '얼굴이 언다는 게 이런 느낌이구나'라고 생각하며 거의 뜬눈으로 아침을 맞이했다.

서비스 센터의 영업 시작 시각에 맞추어 부리나케 전화를 걸었으나, 나 같은 사람이 또 있는지 내 순서가 오기까지 부들부들 떨면서 기다리는 수밖에 없었다. 수리가 끝난 것은 오후 여섯 시. 무사히 보일러가 작동하니 순식간에 온 방이 따뜻해졌다. "휴, 온돌식 보일러는 정말 고맙구나!"라며 무심결에 한숨을 내쉬었다.

최근 한국에서는 돌 침대니 황토 침대니 하며 침대 자체가 따뜻하게 데워질 뿐 아니라 원하는 경우에는 침대의 반만 난방을 할 수 있는 것들이 있다. 아무래도 난방 기구에 관해서는 일본보다 한국이 훨씬 앞서 있는 것 같다.

내 목욕물은 어디로

목욕 문화의 차이

한국에 부임한 1992년의 일이다. 겨울방학을 이용해 평소에 신세를 지고 있는 조교 K를 일본의 집으로 초대했다. 밤이 되어서야 도착했기에 먼저 여행의 피로를 풀도록 목욕물을 데워 K에게 권했다. 그리고 내가 목욕을 하려고 들어가니 욕조의 물이 깨끗하게 사라지고 없었다.

그때까지 나는 한국과 일본의 목욕 방법이 다르다는 생각을 한 번도 해본 적이 없었다.

'K는 내가 아직 목욕하지 않았다는 사실을 잊어버리고 자신이 마지막이었다고 생각했을까? 하지만 분명 먼저 씻으라는 말을 했는데…'

이런 생각을 하며 다시 물을 채우는 동안 조심스레 K에게 물어보니 자신이 사용한 물을 어떻게 욕조에 남겨 두고 나오느냐고 놀라는 표정으로 되묻는 것이었다. 일본에서는 가족이나 손님이나 일단 한번 데운 욕조의 물은 돌아가면서 쓴다. 욕조 밖에서 몸을 깨끗이 씻은 다음 물에 몸을 담그고 천천히 몸을 데우기 때문에 그다지 물이 지저분해지지 않는다.

그런데 한국인은 매번 욕조에 몸을 담그지 않는다. 한국 주택의 욕실은 대체로 서양식으로 되어 있어 샤워기와 욕조, 변기가 하나의 공간에 놓여 있다. 몸을 씻는 것도 몸을 담그는 것도 서양식의 낮은 욕조(일본의 욕조는 대체로 깊은 편이다) 안에서 마치기 때문에 자신이 사용한 뒤에는 물을 버리는 것이 보통이다. 더욱이 독신자 아파트처럼 좁은 곳에는 욕조 없이 샤워기와 변기만 있는 곳이 많다.

내가 가르치고 있는 학생들의 이야기를 들어 보면, 평소에는 간단하게 샤워만 하고 1주일에 한 번 혹은 그보다 가끔 대중목욕탕에 가서 몸의 구석구석을 때수건으로 민다고 한다. 나도 물론 대중목욕탕에 간 적이 있는데, 때밀이 아주머니가 있어 손이 미치지 않는 등까지 깨끗하게 밀어 준다. 누구나 때밀이 아주머니에게 부탁하지는 않으며 더러는 모녀, 자매, 사이좋은 친구와 같이 가서 서로서로 때를 밀어 준다고 한다.

K를 초대한 덕분에 나는 한국과 일본의 목욕 습관의 차이를 알 수 있었지만, 한국에서 일본으로 홈스테이를 간 유학생은 이를 몰라 당혹스러워하는 일이 많다. K같이 자신이 들어간 후 얼른 욕조의 물을 버려 호스트 패밀리에게 슬쩍 지적받았다는 이

야기를 듣기도 했다. 또 남이 사용한 물에 몸을 담그는 데 거부감을 느껴 일본에 머무는 동안 내내 샤워만 했다는 학생도 있다.

생각건대 일본인처럼 매일 욕조에 몸을 담그거나 하지 않는 습관은 온돌 때문이 아닐까 한다. 한국의 집에는 바닥이 모두 따뜻해 집 안에서는 셔츠 하나만 입을 만큼 따뜻하다. 그래서 추운 겨울에도 매일 욕조에 들어가 몸을 데울 필요가 없는 것이다. 여름은 일본처럼 고온 다습하지 않으니 샤워만으로도 개운해진다. 그런 점에서 일본인은 욕조에 몸을 담그는 입욕 민족이라면 필경 한국인은 샤워 민족이라고 할 수 있지 않을까.

그리고 이상한 것은 탈의실이 없는 점이다. 욕조 옆에 수건걸이는 있지만 옷을 벗어 두기 위한 공간이 따로 마련되어 있지 않은 것이다. 대체 옷은 어디에서 벗고 갈아입을 옷은 어디에 두는지 진작부터 의문스러웠다.

한번은 학생에게 물었더니 욕실에 들어가기 전에 셔츠와 반바지 같은 간단한 옷으로 갈아입고 욕실에 들어가 욕조 옆에 속옷과 함께 둔다고 했다. "하지만 샤워를 하면 옷이 젖지 않아?"라고 묻자 그야말로 우문에 현답으로 대답했다.

"그러니까 젖지 않게 샤워기의 방향을 조절해요."

그런 재주를 부릴 수 있다니 대단하다며 감탄하는 내게 다시한 번 그게 뭐 어려운 일이냐고 했다. 의문이 풀린 것은 좋지만 나는 도저히 흉내 낼 수 없을 것 같아 욕실 문 앞에 탈의용 바구니를 놓고 거기에 갈아입을 옷을 담아 두고 욕실에 들어간다.

점점 작아지는 매니큐어

IT와 전통이 공존하는 나라

한 국의 IT(정보 기술) 정책은 세계 최고 수준이라고 한
다. 과거의 데이터를 보면 2000년 12월 한국의 인터
넷 보급률은 21.3퍼센트로, 일본의 21.4퍼센트와 같은 수준이었
다. 그러던 것이 2003년 일본은 60퍼센트를 조금 넘어섰지만,
한국은 64.1퍼센트를 기록하며 일본을 앞지르고 있다.

이처럼 IT 분야에서 한국이 일본을 한 발 앞서고 있는 이유
중 하나로 PC방의 등장을 꼽을 수 있다. 일본에서는 외출한 곳
에서 정보를 수집해야 할 일이 생기거나 업무상 메일 혹은 파일
을 주고받을 일이 생겨서 PC방을 이용하는 경우가 많지만, 한
국에서는 그 외에 온라인 게임 · 채팅 · 드라마 · 영화 등을 즐
기는 사람들이 많다. 이것들은 대용량 데이터의 다운로드가 필

요한데 한국의 통신 인프라는 발빠르게 초고속 인터넷화가 진행되어 있어 누구나 쉽게 인터넷을 이용할 수 있다.

DSL(디지털 가입자 회선), FTTH(광가입자망), 케이블 텔레비전, 무선 LAN을 포함한 초고속 인터넷 보급률을 보면 일본이 7.4퍼센트인 데 비해 한국은 21.3퍼센트로 격차가 나 있는 상황이다. IT 추진의 주역인 PC방은 도심의 번화가, 학원가, 주택가 할 것 없이 어느 곳에나 있으며 대부분 24시간 영업을 한다. 요즘은 시간당 1천 원에서 2천 원으로 비교적 적당한 가격이어서 학생도 부담 없이 이곳에서 게임을 즐기거나 과제를 작성한다.

물론 학교에도 자유롭게 컴퓨터를 이용할 수 있는 PC실이 있어 집에 컴퓨터가 없는 학생은 학교나 PC방을 이용한다. 내 연구실에는 학교가 지급해 준 컴퓨터가 있으며, 교직원이나 학생으로부터의 연락 사항을 메일로 받는 일이 많다. 옆 연구실의 교수님으로부터 '학과 회의는 다음 주 월요일이에요'라는 짧은 메일이 오면 처음에는 '걸어서 열 걸음인데 잠시 들러 주면 좋을 텐데' 하고 아쉬운 생각이 들었으나, 지금은 완전히 익숙해졌다. 메일이라면 전화를 해서 연구실에 있는지 확인하지 않아도 되고 마침 상대방이 바쁜 시간에 쓸데없이 방해할 필요가 없으니 편리하고 확실한 방법이라고 할 수 있다.

참고로 IT 관련 용어는 서로 다른 것이 많아 컴퓨터는 파소콘(パソコン), 디스켓은 플로피(フロッピー), 골뱅이는 앳마크(アットマーク), 점은 닷(ドット)이라고 한다.

한편 일본에서는 인터넷 이용의 도구로서 PC방 대신 휴대전화를 가장 많이 이용하고 있다. 한국은 무선 인터넷으로 연결되는 휴대전화의 비율이 87퍼센트를 넘어 일본 다음인 세계 2위를 차지하고 있다. 한국에서 휴대전화는 통화 외에 문자 메시지를 주고받는 데에 쓰이는데, 젊은 사람들은 통화보다 문자 메시지를 더 자주 이용하는 듯하다. 어쨌든 휴대전화와 인터넷은 모든 사람의 필수품이 된 것 같다.

그래서인지 일본에 여행 갔다 온 학생들은 거리에서 PC방을 보기 힘들어 이상했다는 말을 하곤 한다. 번화가에 망가킷사(マンガ喫茶 : 만화 카페)를 겸한 인터넷 카페가 있기는 하지만 한국에 비하면 극히 적다. 여행 정보를 얻거나 한국의 친구나 가족과 메일을 주고받기 위해 훌쩍 들어가 인터넷을 이용할 수 있는 곳을 찾아보기 어려웠다는 것이다. 호텔의 비즈니스 센터에서는 이용할 수 있으나 이용료가 상당히 비싸다. 한국의 학생뿐 아니라 관광을 온 외국인에게 일본의 인터넷 개방도는 뒤떨어진 느낌을 줄지 모르겠다.

이렇게 날마다 최첨단의 IT와 접하고 그것을 능숙하게 사용하고 있는 한국인도 의외의 곳에서 고풍스러운 일면을 보여 주는 일이 있다. 어느 여름 방학에 같이 한국어를 배우는 미국인, 중국인, 러시아인 친구와 해수욕장에 갔다. 바다로 이어지는 길을 따라 걷고 있는데 한국인 교수님이 봉선화 꽃잎을 따서 비닐봉지에 넣는 것이었다. 몇 봉지를 모으고 나자, "자, 이건 사이토 씨 거"라며 건넸다. 내가 어리둥절한 표정으로 있으니 답답하다는 듯이 설명해 주었다.

"이 꽃잎을 으깨서 붉은 물이 나오면 소금과 백반을 넣고 손톱에 얹어요. 손톱 전체에 고루 얹은 다음 떨어지지 않도록 잘 덮어서 그대로 두세요. 몇 시간 뒤에 보면 손톱에 물이 들어 있을 거예요. 여름에 물들인 봉선화가 첫눈이 내릴 때까지 남아 있으면 첫사랑이 이루어진다는 말이 있어요."

이 이야기를 듣고는 한 여학생이 떠올랐다. 그 학생을 처음 본 여름에는 손톱에 붉은색 매니큐어를 칠한 줄 알고 참 예쁘고 자연스러운 색이라고 생각했었는데 날이 갈수록 매니큐어를 손톱보다 작게 바르는 것 같았다. 그리고 가을이 되자 손톱의 흰 부분이 훨씬 크고 매니큐어를 바른 부분이 작은 것을 보고는, '왜 매니큐어를 다시 바르지 않지? 참 희한하게 멋을 내네' 하며 이상하게 여겼던 것이다. 그런데 그것은 매니큐어가 아니라 첫사랑이 이루어지기를 바라는 마음이 담긴 봉선화물이었다.

그 사실을 알고 나니 여학생뿐 아니라 시장의 아주머니와 거리 상점의 점원의 손톱에서 꽃물을 들인 것을 볼 수 있었다. 여름이 되면 여성들이 손톱에 곱게 봉선화물을 들이는 것은 오래전부터 있었던 멋내기인 모양으로, 배용준이 주연한 영화「스캔들 — 조선남녀상열지사」(일본에서 2004년에 개봉)에도 봉선화로 손톱을 물들이는 장면이 나온다.

PC방이나 학교의 PC실에서 경쾌하게 키보드를 두드리는 여학생들의 손톱은 여름부터 가을에 걸쳐 귀엽게 물들어 있다. IT가 아무리 발전해도 사랑이 이루어지기를 바라는 마음은 예나 지금이나 변함이 없는 모양이다.

시대와 함께 변한 결혼식

결혼 문화의 차이

"**교**수님, 저 결혼해요" 하며 오랜만에 연구실로 찾아온 졸업생이 건넨 것은 청첩장이었다.

제자의 결혼식에 참석하는 것은 선생으로서 매우 기쁜 일 중 하나다. 게다가 외국인 선생인 나를 초대해 주었다고 생각하면 그 기쁨은 더하다.

사실 대학에 다니던 시절 그들이 사랑을 하면서 울고 웃는 것을 나 나름대로 지켜보아 왔다. 정열적으로 밀어붙이는 남학생과 싫을 때는 싫다고 분명하게 말하는 여학생이 때때로 옥신각신하는 모습을 멀리서나마 걱정했던 일도 있다. 더구나 남학생들은 특별한 사유가 없는 한 군대에 가야 하기 때문에 학업을 중단하고 군대에 입대한다. 그렇게 군대에 가는 남학생의 연인이 학교 구석에서 눈물짓는 모습을 12년 동안 얼마나 많이 보았을까. 그렇기에 예전에 가르쳤던 제자가 예쁜 모습으로 청첩장을 건네줄 때면 기쁘기 그지없다.

그건 그렇고 자신의 결혼은 가급적 많은 사람에게 축하 받으려는 것이 한국이다. 그리고 주위 사람들에게 결혼을 알리고 초대할 때 청첩장을 우편으로 보내거나 직접 건네주는 것은 물론 메일을 이용하거나 직접 말로 전하는 일도 있다. 일반적으로 같은 직장에서 늘 얼굴을 맞대는 동료에게는 직접 청첩장을 건넨다.

내 연구실에 그 졸업생이 왔을 때 마침 일본인 동료 교수 M이 찾아왔는데 시선이 청첩장에 꽂히는 것을 느낄 수 있었다.

"좋겠네요. 난 한국의 결혼식에 가본 적이 없어서 꼭 한번 가보고 싶어요."

동료 교수 M이 별 뜻 없이 이렇게 말하자, 신부가 될 그 졸업생이 "그럼, M교수님도 꼭 오세요. 청첩장은 아직 여유가 있어요"라며 가방에서 청첩장을 꺼내 M교수님에게 내밀었다.

미리 말해 두지만 그 졸업생과 M교수는 처음 만난 사이다. 그 졸업생은 M교수도 모교의 스승이고 어차피 나와 함께 참석할 것이라고 판단해서 한 행동이지만, 어쨌든 초면의 사람을 결혼식에 초대한다는 것을 일본인으로서는 생각할 수 없는 일이다.

또 하나 일본의 관습으로는 청첩장을 받은 쪽은 한 달 전에는 참석 여부를 알리고 당일에는 무슨 일이 있어도 반드시 참석한다. 청첩을 받고 참석하겠다고 알린 이상 어지간한 일이 아니고서는 불참하는 것은 있을 수 없는 일이다.

　반면 한국에서는 청첩장을 받아도 그렇게 친한 사이가 아니면 결혼식에 가지 않아도 그다지 문제가 되지 않는 모양이다. 특히 M교수처럼 우연히 청첩장을 받은 경우에는 참석하지 않는다고 뭐랄 사람은 아무도 없다. 물론 가겠다고 대답했다면 취소하지 않는 것이 에티켓이겠지만 말이다.

　결혼식 날 웨딩드레스를 입은 그녀는 앳되어 보이고 정말 예뻤다. 신랑 신부는 하객 앞에서 식을 올리고 친한 친구, 친척과 기념사진을 찍는다. 그러고 나서 한복을 입고 폐백을 드린다. 이는 별실에서 진행되며 가까운 친척만 참석한다. 폐백의 하이라이트는 자손 번성을 기원하며 부모님이 던지는 밤과 대추를 신랑 신부가 함께 신부의 한복 자락으로 받는 것이다. 한편 하객은 따로 마련된 식당에서 식사를 즐기다가 적당한 때에 삼삼오오 돌아간다.

　앞에서 이야기했지만 일본에서는 결혼을 알리고 초대하는 청첩장을 한 달 전에 보내며 이를 받은 사람은 반드시 참석 여부를 알려야 한다. 하객이 참석할 수 있는 자리는 피로연으로, 각자 자리가 정해져 있고 음식을 먹는 자리 옆에 답례품이 놓인다. 그런데 세상이 변하니 이 풍습도 변하여 최근에는 카탈로그를 보내 선물을 고르게 하는 경우가 있다. 하여튼 피로연이 진행되는 두 시간 동안 하객으로 참석한 사람은 도중에 돌아갈 수 없다는 규칙 아닌 규칙에 매여 있게 된다. 또한 여성 하객은 평소에는 입어 볼 일이 없는 화려한 파티 의상을 빌려 입고 남성

하객은 검은색 정장에 흰 넥타이를 매, 누가 보아도 결혼식 복장이라는 것을 알 수 있을 정도로 화려하게 치장하는 게 일반적이다. 그리고 한국의 결혼식에서는 볼 수 없는 순서가 있는데, 일본의 결혼식에서는 중매인(반드시 부부가 중매인이 된다)이나 주빈이 축사를 하고 친구들의 축사가 이어지며 오이로나오시(お色直し)라고 하여 옷을 여러 차례 갈아입는다.

내친 김에 두 나라 결혼식의 차이를 좀더 살펴보자. 일본에는 결혼을 하기 전에 신랑 신부 양쪽의 부모가 돈과 물건 등을 주고받는 유이노(結納)라는 의식이 있다. 이때 오가는 돈은 유이노킨(結納金)이라고 부른다. 그리고 신부가 가져가는 물건 중 신랑 쪽 집안의 문장이 들어간 기모노가 있다. 가문의 문장은 그 집안의 조상 대대로 전해 내려온 문양으로 일본에는 약 1만 2천 가지가 있다고 한다. 예를 들어 나의 시댁 문장은 등나무꽃을 디자인한 것인데, 이렇게 꽃 외에 문자나 동물 따위를 디자인한 것이 있다.

이 문장을 기모노의 양 어깨와 등 뒤 세 군데 모두 합하여 다섯 군데에 넣으며 이를 쿠로도메소데(黑留め袖)라고 하는데, 이 기모노는 결혼한 여성의 공식 의상이 된다. 그래서 결혼식 같은 자리에서 쿠로도메소데를 입었느냐 아니냐로 미혼, 기혼 여부를 알 수 있다. 이것은 화려한 자태를 뽐내며 한복을 입은 것으로 신랑 신부의 가족이나 친지 가운데 결혼한 여성임을 알 수 있는 것과 비슷하다.

한국에서는 결혼식을 올리기 전에 상당한 시간과 수고, 비용을 들여 기념 앨범, 비디오를 위한 촬영을 한다. 그래서 봄이나 가을 같은 결혼 시즌에 맑은 날이면 고궁이나 공원에서 웨딩드레스와 턱시도 차림으로 서로 안고 뺨을 맞대며 사진을 찍는 신랑 신부의 모습을 볼 수 있다. 예전에 아는 사람의 웨딩 비디오를 본 적이 있는데, 너무나 행복해 하는 신랑 신부의 모습은 절로 미소 짓게 만들 뿐 아니라 보는 사람이 조금은 멋쩍어지기도 했다.

2001년 한국 최대의 조사 전문 기관 갤럽이 실시한 앙케트에서 '최근 참석한 결혼식은 어디에서 열렸습니까?'라는 질문에 85.1퍼센트가 '예식장'이라고 대답했다. 반면에 일본의 경우는 43.2퍼센트가 '호텔', 29.5퍼센트가 '예식장'이었다.

하지만 요즘 들어 한국에서도 호텔에서 식을 올리는 커플이 늘고 있고 식이 열리는 연회장에서 코스 요리를 먹으며 결혼식을 보는 스타일이 많아졌다. 하긴 모든 것이 시대와 함께 변하는데 결혼식이라고 변하지 않겠는가.

일본의 중매인
한국에서의 중매인과는 전혀 다른 역할을 하는 게 일본의 중매인이다. 한국에서는 맞선을 볼 남녀를 소개하여 결혼이 성사되도록 애쓰는 역할을 하는 사람이 중매인이다. 그러나 일본에서는 아무나 중매인, 즉 나코도(仲人)가 되는 것이 아니라 혈연·학연·지연이 있는 사람 가운데 인품이 좋은 부부가 되며, 이들은 두 남녀의 결혼식에서는 주례와 비슷한 역할을 하고 결혼 생활을 지켜보고 보살피는 역할도 한다.

양반은 자전거를 타지 않는다

자전거 이용으로 엿보는 의식 세계

일본인에게 자전거는 무척 친숙한 교통수단의 하나다. 근처 슈퍼마켓이나 편의점에 갈 때는 물론 통근이나 통학의 수단으로 빼놓을 수 없는 존재다. 그 때문에 지역에 따라서는 역 주변의 자전거 주차장이 넘쳐 날 정도로 자전거가 모여 철도 회사, 상가, 자치회 등이 '방치 자전거 대책'에 착수한 곳까지 있는 모양이다.

생활필수품이라는 측면 외에 자전거 타기는 누구나 부담 없이 즐길 수 있는 레저와 스포츠기도 하다. 휴일에는 산악 자전거로 공원을 달리거나 바구니가 달린 자전거로 자전거 전용도로를 달리는 가족의 모습을 흔히 볼 수 있다.

그뿐 아니라 교통 정체가 심한 도심에서는 급한 물건을 배달

할 때 자전거 택배 서비스가 바람직한 것 같다. 많은 양의 정보를 메일로 교환할 수 있는 IT 시대라고는 하나 현물 교환이 필요한 업종은 존재하게 마련이다. 예를 들어 출판사에서 컬러 페이지 교정지를 주고받을 때 자전거 택배를 사용하는 곳이 적지 않다.

어쨌든 자전거가 일본인의 생활에 깊숙이 파고든 '다리'임에는 틀림없다. 자전거산업진흥회의 조사에 따르면 일본인이 소유하고 있는 자전거 8천 481만 대(2000년 조사) 중 일상적으로 사용하는 것은 약 3천 600만 대라고 한다. 나머지 약 4천 880만 대는 집에서 먼지를 뒤집어쓰고 있거나 불법 투기 상태로 버려진 것으로 추정된다.

다른 동아시아 나라들의 자전거 사정을 살펴보면, 예를 들어 중국은 베이징 천안문광장의 러시아워 풍경이 떠오른다. 내가 베이징에 학회 일로 갔을 때 아침저녁에는 10도도 안 되는 쌀쌀한 날씨 속에서 마스크와 장갑으로 무장한 사람들이 익숙한 솜씨로 자전거를 타고 달리는 모습을 보았다. 또 대만의 수도 타이베이 어느 곳에서나 자전거를 탄 사람들을 볼 수 있었다. 국립대만대학교를 방문했을 때는 자전거로 교내를 오가는 학생들을 다수 목격했다. 그런데 같은 동아시아에 있는 한국에서는 자전거가 그다지 일상적인 교통수단으로 이용되고 있지 않은 게 신기하다.

내가 1년 동안 객원 연구 교수로 일했던 서울대학교는 차로 학교 주위를 한 바퀴 도는 데 25분은 걸릴 정도로 넓다. 그런데 학교 안에서 자전거를 타는 학생의 모습은 거의 찾아볼 수 없었다. 교내를 왕복하는 버스가 자주 다녀서 크게 불편한 일은 없겠으나 자전거가 있으면 자신이 필요할 때 편리하게 학교를 오갈 수 있을 텐데 싶었다. 일부러 운동도 하는데 운동을 겸해서 버스를 기다리지 않고 아무 때나 식당도 가고 매점에도 갈 수 있으니 말이다.

문득 한국 사람들이 자전거의 편리함을 외면하는 데는 그만한 이유가 있을 거라는 생각이 들었다. 일본이나 중국처럼 자전거가 '일상의 다리'가 되지 않은 한국만의 역사적 사정은 무엇일까 곰곰이 생각해 보았다.

일찍이 고려 시대와 조선 시대에 양반은 정치적 · 사회적 특권 계층으로서 서민 위에 군림하고 있었다. 일본의 에도 시대의 사농공상에서 무사에 해당하는 신분이었다.

일본에서는 어찌어찌하여 무사도를 버릴 수 있었지만 한국에서는 양반들이 형성한 문화, 생활 관습, 윤리관은 지금도 사람들의 가슴에 깊이 뿌리 내리고 있다. 학문에 힘쓰고 사람을 다스리는 것이 이상적인 삶이며 일상적인 잡일, 특히 육체노동은 신분이 낮은 사람이 하는 일이라는 발상이 유형 · 무형으로 숨쉬고 있는 걸까? 그런 정신이 여전히 살아 숨쉬고 있는 한국인에게 땀을 흘리며 부지런히 페달을 밟아야 하는 자전거는 어딘지 부정적인 이미지를 동반하는 하급한 탈것이라는 감각이 있는지 모르겠다.

토쿄 교외의 도시에서 대전으로 부임한 어느 일본인 사업가는 건강을 살필 겸 사무실까지 자전거로 통근을 했다고 한다. 그런데 '그런 볼썽사나운 것은 타지 마라. 제대로 급료를 받고 있으니 차를 사라'라는 말을 들었다고 한다. 또 그의 아내가 아이들을 자전거 뒷자리에 태워 장을 보러 갔더니 이웃 아주머니들이 상당히 호기심 어린 눈으로 보았다고 한다. 한국에서는 자전거를 타느니 다소 무리를 하거나 대출을 받아 차를 사는 게 낫다고 여겨진다.

사실 일본에서는 집에서 자전거를 타고 나와 전철역 앞에 세워 두고 회사에 다녀오는 경우가 흔하여 항상 역 앞에는 자전거들이 빼곡하게 늘어서 있다. 또 아이들을 유치원에 보내고 데려올 때나 장을 볼 때도 주부에게는 필수품이어서 비 오는 날에는 앞이나 뒤의 보조 의자에 아이를 태우고 한 손에는 자전거 핸들을, 다른 한 손에는 우산을 잡은 모습을 쉽게 볼 수 있다.

10여 년 전 학생들에게 일본어 교재 비디오를 보여 주었을 때, 일본인 여고생들이 교복 차림으로 자전거 통학을 하는 모습이 나오자 강의실 여기저기에서 키득키득 웃는 소리가 들렸다. 내 눈에는 도무지 우스운 게 없는데 무엇이 우스운지 궁금해 했더니 여학생 중 한 명이 "교수님, 일본에서는 치마를 입고도 자전거를 타나요? 속옷이 보이지 않아요?"라며 창피한 듯 말했다.

"괜찮아요. 나도 일본에서는 근처에 장을 보러 갈 때 치마를 입고 자전거를 타는데요."

내 대답에 여학생들 모두 당황스럽기도 하고 놀랍기도 한 듯 복잡한 표정을 지었다.

여담이지만, 당시 한국에서는 여대생의 통학 스타일은 바지가 대부분이고 치마 차림은 드물었다. 치마는 실습이나 동아리 활동 때 무릎 언저리가 신경 쓰이고 자유롭게 움직이는 데 방해가 되기 때문이라는 것이다. '저렇게 바지라면 옷이 흐트러지는 것에 신경 쓸 필요 없어 자전거를 타기에 부담도 덜하고 더 좋을 텐데' 하는 생각을 하지 않을 수 없었다. 최근에는 자전거 타기가 레저로 평가받기 시작한 느낌이 드는데, 어디까지나 레저라는 단서를 단 수용인 듯한 기분이 든다.

유럽 등지에서는 환경 보호를 위해 도심에서 가급적 자동차를 배제하고 자전거를 탈 것을 권장하는 도시가 많아지고 있다. 오래전에 형성된 거리나 복잡한 골목에서는 회전 반경이 작은 자전거가 편리하기 때문으로, 화창한 날 느긋하게 페달을 밟노라면 경험해 보지 못한 사람은 이해하지 못할 상쾌함을 맛볼 수 있다.

참고로 세계 여러 나라의 자전거 보유 상황을 살펴보면, 자전거 1대당 인구는 네덜란드 0.9명, 독일 1.1명으로 거의 1명이 1대를 보유하고 있는 셈이다. 미국은 2.6명이니 약 5명에 2대라는 계산이 나오고 일본은 1대당 1.5명인 반면 한국은 1대당 6.9명이다.

세상을 온통 붉게 물들였던 한 달

2002년 한 · 일 월드컵 관전기

2002년 공동 개최된 한 · 일 월드컵은 글자 그대로 한국과 일본의 벽을 낮추는 거대한 스포츠 이벤트였다. 일본에서도 그랬는지 잘은 모르겠지만, 한국 전체를 휩쓴 월드컵 선풍은 무시무시했으며 뉴스에서 보도된 이상으로 달아오른 열기를 피부로 느낄 수 있었다.

경기장에는 가지 못했으나 경기가 있을 때면 나 역시 여기저기의 응원 대열에 참여했는데, 이탈리아와의 16강전은 학교 운동장에 설치된 대형 스크린으로 학생들과 함께, 스페인과의 8강전은 경기도 평촌에 있는 일본학연구소의 회의실에 설치된 대형 모니터로 연구원들과 함께 관전했다. 또 준결승전인 독일전은 학회가 열렸던 남부 지방에 있는 대학 강당에서, 그리고

3 · 4위 결정전인 터키전은 강원도청 앞의 대로에 앉아 춘천 시민과 함께 응원했다.

태권도나 씨름처럼 일본의 스모에 해당하는 국기가 따로 있지만 한국에서 국민적 스포츠라고 하면 역시 축구와 야구다. 그것도 세계 최대의 스포츠 이벤트인 월드컵이 자국에서 개최되니 뜨거워지지 않을 수 없었던 것이다.

시합이 열린 날은 학교는 휴강을 하고, 거리의 식당이나 가게는 문을 닫고 주인과 종업원이 함께 텔레비전 앞에 모여 앉았다. 승리한 후에는 생업은 뒷전으로 하고 승리를 기념하는 축하 파티가 열려 맥주와 소주로 건배했다. 월드컵이 열렸던 6월 한 달은 일도 공부도 손에 잡히지 않는 상태가 이어지고, 남녀노소 모이기만 하면 축구 이야기로 꽃을 피웠다.

스페인전이 있었던 6월 22일 토요일은 춘천에서 고속버스로 세 시간 이상 걸리는 도시에서 학회가 있었다. 그 전날 사무국에서 '축구 경기가 있으니 내일은 당초의 학회 발표 예정을 세 시간 앞당겨 오후 세 시까지 끝내겠습니다. 그후 세 시 삼십 분부터 대강당에서 한국팀을 응원합시다'라는 메일이 왔다. 나는 발표자에게 질문과 의견을 제시하는 토론자로 지정되어 있었기 때문에 앞당겨진 시간에 맞추어 나갔다.

그런데 도착하여 회장을 둘러보니 그곳에 모인 사람은 채 열 명이 되지 않았다. 심지어 내 앞에 논평할 예정이던 토론자는 아예 불참했다. 나중에 들은 이야기로는 옆 발표장은 사회자까지 오지 않았던 모양이다. 중요한 축구 경기가 있으니 학회 발

표를 할 상황이 아니라며 쉰 것이다. 게다가 학회 자체에서도 '오늘만은 어쩔 수 없다'라는 분위기로 가득해 누구 하나 괘씸하다며 화내는 사람이 없었다.

어딘지 모르게 회장 전체에 안절부절못하는 분위기가 감도는 가운데 발표가 끝나자, 대강당으로 몰려가 그곳에 마련된 대형 스크린을 보면서 경기가 시작되기를 기다렸다. 학회 참가자는 물론이고 붉은 셔츠를 입은 학생들까지 몰려들어 킥오프 전부터 '대~한민국'을 연호하며 박자에 맞추어 박수를 쳤다. 경기가 진행될수록 강당은 흥분의 소용돌이로 말려들어 갔다.

전반을 0대 0으로 마치고 하프 타임에 화장실에 가니 40대와 60대 두 교수님이 볼에 홍조를 띠고 빠른 말투로 경기에 대해 이야기하고 있었다. 일본에도 그 정도 나이의 여성 축구팬이 있을지 모르겠지만 그렇다고 해도 그들의 열광적인 모습은 예사롭지가 않았다. 그때 내 귀에 이런 말이 들렸다.

"한 달 가까이 계속 흥분해 있어서 월드컵이 끝나면 뭘 해야 좋을지 몰라 멍해질 거예요."

경기는 승부차기로까지 이어졌지만 한국이 승리를 거두었다. 나는 서울을 거쳐 춘천으로 돌아갔는데, 오후 여섯 시에 서울에 도착해 보니 시내에 있는 사람들은 승리의 기쁨에 열광하고 있었다. 소형 트럭의 짐칸에 올라탄 10여 명의 젊은이들에 예의 '대~한민국'을 외치면 주위의 차가 일제히 '빵빵빵 빵빵'하고 경적을 울려 응답했다.

내가 사는 춘천에도 거리 곳곳에서 서포터스가 심야까지 기세를 올리고 있었다. 유감스럽게도 일본은 16강전에서 터키에게 졌지만 이 사상 첫 공동 개최 월드컵이 양국에 가져온 결실은 적지 않다고 생각한다. 학생과 낯선 거리의 사람들과 함께 '대~ 한민국'을 부르짖으며 가슴이 뜨거웠던 나였다.

2002년 이런 뜨거운 월드컵 열기를 온몸으로 경험한 나로서는 올 2006년 독일 월드컵이 여간 기대되는 것이 아니었다. 6월 13일 토고전을 비롯해 19일 프랑스전, 24일 스위스전까지 대한민국은 2002년의 뜨거웠던 열기와 함성을 재현하는 것으로 모자라 2002 한·일 월드컵이 열렸던 각 스타디움에 모여 대규모 응원전을 벌이는 등 더욱 다양해진 응원 문화를 보여 주었다. 새로워진 붉은악마의 티셔츠는 물론이거니와 야광 뿔이 달린 머리띠, 태극기 패션쇼를 방불케 하는 미녀 군단의 응원전, 꼭짓점 댄스, 초대형 태극기 물결은 전 세계가 놀라고도 남음이 있었다.

아쉽게 스위스전에서 패해 16강에 진출하지 못했지만 내게는 한국 사람들이 보여 준 열정적인 응원 문화야말로 한국인의 정열이며 나라를 사랑하는 애국심이며 한국인의 영원한 매력으로 남아 있다.

05

마음 · 心

당황도 공부다

참치 캔 하나의 순발력

눈시울이 뜨거워지는 스승의 날

보석 같은 내 제자

축제 같은 졸업식

한국과 한국인의 매력

당황도 공부다

한국과 일본 두 나라의 대학생을 비교할 때 가장 먼저 꼽는 차이는 대체로 한국 학생은 열심히 공부한다는 것이다. 수험생이 죽어라고 공부하는 것은 한국이나 일본이나 다를 바 없지만, 그래도 한국 학생들이 더 힘들어 보인다. '고3 병'이라는 말이 있을 정도니 한국의 수험생은 말 그대로 죽을 정도로 공부한다.

그것도 명문대에 대한 동경은 아주 강렬하다. 명문대에 들어가는 것이 관료, 대기업의 비즈니스맨, 변호사, 교수 등이 되기 위한 첫 번째 관문이기 때문이다.

일본에서도 대학 입시는 상당히 치열하나 한국처럼 새벽 한두 시까지 학원 등에서 공부하지는 않는다. 사설 학원을 다녀도 일찍 끝나며, 수업이 끝나면 집에서 공부하는 학생이 많다.

일본의 내각부가 2003년 한국 · 일본 · 미국 등 5개국의 18~24세 젊은이 각 1천 명을 상대로 실시한 의식 조사에 따르면, '대졸자는 어떤 점에서 평가받는가?'라는 질문에 가장 많은 응답이 미국의 경우는 '어느 대학이든 대학을 나왔다는 점'이 32.7퍼센트, 일본은 '대학에서 어떤 전공 분야를 배웠느냐는 점'이 45.7퍼센트, 한국은 '일류 대학을 나왔느냐는 점'이 54.4퍼센트였다.

한국의 젊은이들에게는 유명 대학에 들어가는 것이 사회적 평가로 이어져 장차 나아갈 길을 여는 첫 단추가 되고 있음에 틀림없다.

아무리 최선을 다해 공부해도 불안한 마음에 여차 하면 미신에 의존하고 싶어지는 것이 인지상정이다. 그래서 한국에서는 시험을 보기 전날 수험생에게 포크나 거울, 엿, 떡 같은 것을 선물한다. 포크는 음식을 찍듯이 정답을 잘 찍으라는 뜻에서, 거울은 거울을 들여다보듯 문제를 잘 보라는 뜻에서, 엿이나 떡은 끈적끈적해서 잘 붙는 특징을 이용해 입시에 붙으라는 뜻에서 입시 성공을 소원하는 간절한 마음을 담아 선물하는 것이다. 특히 입시가 있는 날이면 그 학교의 교문은 수험생의 부모가 붙인 엿으로 범벅이 된다.

그리고 한국의 식탁에는 국이 올라오는 경우가 많고 그 종류가 다양한데, 그중에서 미국역은 생일날 장수와 건강을 기원하는 의미에서 반드시 먹는다. 그런데 수험생은 미역국을 먹지 않는다. 특유의 미끌미끌한 감촉 때문에 시험에 미끄러진다는 이미지가 있기 때문이다.

한국에서는 3월에 새 학기가 시작된다. 6월의 넷째 주부터 약 두 달간 여름방학이 이어지고 그동안 과제는 없다. 2학기의 수업은 9월부터 12월 둘째 주 정도까지며 다시 2월 말까지 겨울방학을 실시한다. 각 학기의 끝 무렵에는 성적이 발표된다. 일본의 경우 1학기가 4월에 시작하여 대개 7월 말까지고, 여름방학은 7월 말에서 9월 20일 정도로 한국보다 늦게 시작하여 늦게 끝나나 방학 일수는 두 나라가 비슷하다.

일본 대부분의 대학에서는 한 과목을 1주일에 한 번만 강의를 하므로 강의 한 시간이 90분으로 한국의 50분보다 훨씬 긴 편이다. 나처럼 어학을 가르치는 입장에서는 한국식이 좋은 것 같다. 외국어를 습득하기 위해서는 자주 학습하는 편이 효율적이기 때문이다.

긴 방학을 활용하기 위해 학생들은 여행을 가거나 아르바이트를 하고 외국어 학원에 다닌다. 특히 일본어 관련 학과의 학생들은 일본의 대학생과 교류의 기회를 가지거나 홈스테이를 많이 하는 모양이다.

내가 근무하는 대학의 경우 톳토리현에서 열흘 정도 홈스테이할 수 있는 프로그램이 있어 희망하는 학생이 상당수 있다. 수업에서 일본의 문화, 문학, 역사 등을 배우고 있지만 현실에서 일본인과 생활을 공유함으로써 발견할 수 있는 지식이 훨씬 많다. 희망자가 넘치는 경우에는 면접을 통해 선발하는데, '일본인은 친절하다고 들었는데, 진짜 그런지 확인하고 싶다', '한국의 문화에 대해 알려 주고 싶다'라는 등 학생들의 흥미는 다채롭다.

이 프로그램을 이용해 일본에 갔다 온 학생 대부분은 산 경험을 할 수 있었다며 정말 즐거워한다. 물론 앞에서 이야기했듯이 목욕 방법, 식사 예절, 대화법 등이 판이하게 달라 재미있었던 일, 당황했던 일도 있었을 것이다. 하지만 그 또한 귀중한 체험이고 공부다. 놀라움도 당황스러움도 다른 문화와 커뮤니케이션을 하는 방법 중 하나이므로.

참치 캔 하나의 순발력

한국의 대학에서는 학기가 시작되면 교수와 학생들이 같이 하룻밤을 보내며 친목과 유대를 다지기 위해 MT를 간다. 봄에는 신입생 환영회를 겸해서 전 학년이 다녀오고 나면 학년별로 MT를 간다. 우리 학과가 주로 이용하는 곳은 춘천에서 한 시간 정도 떨어진 호반에 있는 숙소로 대부분 금요일 오후에 출발한다. 메뉴는 삼겹살, 카레라이스, 콩나물국, 갓 지은 밥, 수북한 김치 등인데 학생들이 모두 준비하고 직접 만든다. 여기에 술이 빠질 수 없어 맥주와 소주도 한 아름 들고 간다.

숙소에 도착하면 모두 식사 준비를 하고 직접 만든 음식으로 배를 채운 후에는 술을 마시고 게임을 하거나 이야기를 하며 날이 밝을 때까지 신나게 논다. 도중에 술에 취하거나 잠이 오는 학생들은 남학생은 남학생끼리, 여학생은 여학생끼리 잔다. 물론 날이 환해질 때까지 노는 기운 넘치는 학생들도 많다.

나는 지금까지 여러 차례 MT에 참가했지만 어느 해 여름에 갔던 MT는 무척 인상적이었다. 작은 배를 타고 섬으로 들어가 별이 반짝이는 하늘 아래에서 캠프파이어를 하면서 학생과 교수가 하나가 되어 불 주위를 천천히 돌았다. 학생이 가져온 기타 반주에 맞추어 입 모아 부르는 노랫소리는 영화나 드라마를 뛰어넘는 감동 자체였다.

그날 밤 나를 포함한 몇 명이 춘천으로 돌아와야 했는데, 자정이 지난 시간에 새까만 호수의 수면 위로 작은 배를 띄우니 붉게 타오르는 불빛과 학생들이 왁자지껄 떠드는 소리가 실로 환상적인 느낌을 주었다. 배를 탈 때까지 "지금부터 담력 시험을 하니 교수님들도 참여하세요!" 라면서도 손을 붙잡아 준 학생들… 피곤함을 모르는 젊음에 저절로 미소가 지어졌다.

이와는 다른 의미에서 깊은 인상을 받은 MT도 있다. 보통 학생 대여섯 명이 그룹을 지어 식사를 준비하는데, 내가 맡은 그룹의 학생이 웃으며 이렇게 말하는 것이었다.

"교수님, 죄송한데요, 저희 그룹은 참치 캔 하나밖에 안 가지고 왔어요."

주린 배를 움켜쥐며 학생들이 만든 음식을 목이 빠지게 기다리고 있던 나는 은근히 부아가 났다.

'이럴 수가! 학생 여섯 명과 선생 두 명의 식사 재료가 참치 캔 하나라니! 평소의 MT라면 학생들이 마음을 담아 만들어 준 삼겹살, 찌개, 갓 지은 밥, 수북한 김치 등을 마음껏 음미할 텐데….'

실망하는 나의 표정을 보고 한 교수님이 웃으면서 말했다.

"이럴 때 일본인은 어떻게 하죠? 그냥 밥을 굶나요? 하지만 한국인은 달라요. 보세요. 결국에는 '더 이상 못 먹겠어'라는 말이 나올 만큼 준비할 거예요. 미리미리 준비하지 않아도 헤쳐 나가는 것이 한국인의 강점이죠."

솔직히 말해 동료 교수로부터 이런 위안을 받았지만 참치 캔 하나로 어떻게 되리라고는 기대하지 않았다. 다른 그룹의 학생들이 왁자지껄하며 음식을 만드는 모습을 멀리서 바라보면서 '우리 그룹은 도대체 어떻게 할 거지?'라며 슬그머니 마음을 졸이고 있었다.

한 시간 반 정도가 지나자 다른 그룹들은 속속 식사를 하기 시작했다. 우리 그룹도 어떻게 준비가 되었는지 나를 부르러 학생이 왔다. 식탁까지 안내받고 자리에 앉은 나는 눈이 휘둥그레졌다. 김치찌개와 밥, 콩나물국 등이 제대로 준비되어 있었다. 가져온 참치 캔은 김치찌개에 들어 있었다. 대체 어떻게 된 거냐고 묻자 모두 싱글싱글 웃으며 대답하지 않았다. 하지만 같은 그룹에 배당된 앞서의 교수님이 작은 소리로, 그러나 자랑스럽다는 듯이 말했다.

"보세요. 만일의 경우에는 다른 그룹의 학생에게 말하면 모두 도와주죠. 그러니 한국인은 강하다고 하는 거예요."

일본에는 한국의 MT 같은 것은 없지만 대신 오리엔테이션이 끝난 뒤 신입생 환영 파티라는 술자리를 갖는다. 이때는 선배가 후배에게 자꾸 술을 권하는 바람에 가끔씩 술을 잘 마시지 못하는 학생이 난처한 일을 당하기도 한다.

또 한국에서는 손윗사람과 식사를 할 때 아랫사람이 먼저 수저를 들지 않는 관습이 있다. 학생들도 교사와 함께 식사할 때는 가장 나이가 많거나 지위가 높은 교수가 수저를 들어야 다른 교수들도 먹기 시작한다. 이를 알고부터 나는 학생들이 기다리지 않도록 일단 먼저 한 입 먹고 보는데, 일본에서는 이러한 것에 그다지 신경 쓰지 않는 젊은 사람들이 많다.

술을 마실 때는 손윗사람과 정면으로 마주 보지 않고 몸을 비스듬히 돌려 마시는 것이 예의다. 학생인 경우, 앞에 교수님이 앉아 있으면 좌우 어느 쪽으로나 몸을 돌리고, 그 옆에 교수님이 있으면 뒤를 향하듯 몸을 돌려 마시는 것이다.

영화 「엽기적인 그녀」에는 여자 친구의 집을 찾은 주인공 견우가 그녀의 아버지에게 소주잔을 받고 오른쪽으로 몸을 돌리니 어머니가 있어 황급히 왼쪽으로 몸을 돌리는 장면이 있다. 이는 다소 과장되어 있다고는 해도 한국에서는 통상적인 에티켓이다. 일본에서는 사제지간에 술을 마신다고 이런 것에는 그다지 신경을 쓰지 않는다.

술과 마찬가지로 담배는 만 19세부터 피울 수 있는데, 원칙적으로 어른 앞에서는 담배를 피우지 않으며 어른이 권하여 부득이 피울 때는 정면을 향해 연기를 뿜지 않는다. 학교에서는 복도에서 담배를 피우다 교수가 지나가면 담배를 얼른 뒤로 숨길 정도다. 어찌 생각하면 참으로 부러운 예절 바른 자세다.

다시 참치 캔 하나를 가져왔던 MT 이야기로 돌아가면, 그렇게 풍성한 메뉴를 보고 나는 그저 놀랄 따름이었다. 일본 학생이었다면 어떻게 대처했을까? 일단 일본의 경우는 야마다는 당근 두 개, 고바야시는 감자 세 개 하는 식으로 세세하게 역할 분담을 하는 것이 일반적이다.

눈시울이 뜨거워지는 스승의 날

5월의 딱 중간인 5월 15일은 '스승의 날'이다. 한국에는 설날이나 추석처럼 일본과 의미가 비슷한 명절이 있는 데, 이 '스승의 날'처럼 특유의 기념일도 있다. 가령 일본에서는 '어머니날'(5월 둘째 주 일요일)과 '아버지날'(6월 셋째 주 일요일)을 따로 두고 있지만 한국은 '어버이날'(5월 8일) 하루로 되어 있다. 5월 5일 '어린이날'은 같으나 일본에서는 3월 3일과 5월 5일 각각 남녀 어린이들을 따로따로 축하하는 풍습이 있다.

그리고 젊은이들의 이벤트로서 2월 14일의 발렌타인데이와 3월 14일 화이트데이 역시 두 나라가 같다. 최근에 유행하고 있는 재미있는 이벤트는 4월 14일은 블랙데이로, 초콜릿과 사탕을 받지 못한 사람들이 시커먼 춘장이 뿌려진 자장면을 먹는 날이다. 반은 장난기 섞인 이벤트지만 젊은이들은 나름대로 재미로 여기는 것이다.

다시 본론으로 돌아가 '스승의 날'은 일본에 없는 기념일이다. 여러 해 전 '스승의 날' 나는 일본학과의 학생 대표로부터 미리 식사 초대를 받았다. 저녁에 춘천의 명물인 닭갈비를 먹으러 과 소속 학생이 모두 갈 예정이어서 강의가 모두 끝난 후 서둘러 연구실로 돌아가던 길이었다.

그런데 방금 수업을 받았던 학생 중 한 명이 달려와 쑥스러운 듯 작은 꽃다발을 내밀었다. "정말 기뻐. 고마워"라고 답례를 하고 연구실로 돌아오니 '교수님 감사합니다'라고 쓰인 카드가 꽂힌 붉은 장미 꽃바구니가 와 있었다. 작년에 대학원을 졸업한 제자로부터의 선물이었다. 그리운 얼굴이 눈앞에 어른거려서 얼른 전화를 거니 "조만간에 연구실로 찾아뵐게요"라는 활기찬 목소리가 들려왔다.

1년에 한 번 졸업생의 소식을 들을 수 있는 '스승의 날'은 교사로서 그립고 기쁜 날이다. 게다가 '교수님 사랑해요'라고 가사를 바꾸어 재학생이 불러 주는 스승의 날 노래를 듣고 있으면 나도 모르게 눈시울이 뜨거워진다.

학생들은 평소에도 친절하고 다정해서 무거운 가방을 들고 있는 것을 보면 내 강의를 듣지 않는 학생이라도 재빨리 다가와 들어 준다. 커피 자동판매기에 줄을 서 있을 때도 앞에 있던 학생이 내 것까지 뽑아 슬쩍 내민다. 고작 150원 정도지만 무엇보다 따뜻한 배려가 마음에 스민다. 또 강의실에 들어가면

교탁 위에 주스가 놓여 있는 일이 종종 있다. 유교 문화가 아직 숨쉬고 있어 스승에 대한 존경의 표시는 일본이 한국에 비할 바가 못 되지만 그렇다고는 해도 이 애정의 깊이는 무엇으로 설명할까.

보석 같은 내 제자

졸업식은 일본보다 한 달 정도 빠른 2월 말에 열린다. 일본의 대학에서는 졸업식이 끝난 후 호텔이나 레스토랑에서 사은회를 하는 일이 많은데, 한국에서는 마지막 겨울 방학에 들어가기 전에 하는 일이 많다.

우리 학과의 경우 사치스러운 일류 레스토랑은 아니지만 평소보다 고급이라고 할 수 있는 음식점에서 교수와 졸업생이 모여 음식을 나누어 먹으며 이야기를 나눈다. 물론 복장은 학생이나 선생이나 모두 평상복이다. 한번은 춘천에서 유명한 한정식집에서 사은회를 한 적이 있는데, 자리가 의자가 아니라 온돌방에 방석을 깐 곳이었다. 상다리가 휠 정도로 잘 차려진 음식을 먹으며 모두들 졸업을 축하하고 재학 중의 추억을 이야기했다.

일본에서는 이런 자리에 드레스와 턱시도, 기모노, 정장 등으로 모양을 내고 오지만 평소와 같은 청바지나 면바지, 몸에 익은 치마에 스웨터 차림의 학생들과 마지막 학창 시절의 한때를 보내는 것 역시 즐겁다.

우선 식사를 하며 가볍게 맥주를 마시다가 2차에는 재학생들까지 합세해 완전히 술자리로 바뀐다. 나는 도중에 자리를 뜨지만 개중에는 날을 지새우는 사람도 있는 모양이다.

2003년에 열린 사은회 때 내 옆에 앉은 것은 T군이었다. 그는 1993년에 입학하여 2003년이 밝아서야 마침내 졸업하게 되었다. 왜 10년이나 학교를 다녔는지 궁금할지 모르겠지만, 그는 2년을 마친 후 군대에 갔다 제대한 후에는 사정이 생겨서 2~3년 휴학하니 결국 그렇게 오랫동안 학교를 다니게 되었다. 내가 1992년에 부임했으니 내 한국에서의 경력과 거의 같은 세월을 그는 학생으로 있었던 것이다.

T군의 경우는 예외적이긴 하나 한국에서 4년 만에 졸업할 수 있는 남학생은 드물다. 4학년까지 내리 다니면 되겠지만 많은 남학생이 2년이나 3년 동안 군 복무를 한다. 원칙으로는 2년간 병역의 의무를 지고 복학을 하기 때문에 햇수로 따지면 졸업까지는 6년이다.

앞에서 군대에 가는 연인을 보며 우는 여학생의 이야기를 했는데, 반대로 군대에서 제대하여 믿음직스럽게 성장한 남학생과 만나 사랑에 빠지는 여학생도 있다.

감정의 색깔은 다르나 군대에 간다고 인사하러 오는 남학생을 보며 섭섭한 마음이 드는 것은 나 또한 그들과 크게 다르지 않다. 섭섭한 마음, 안타까운 마음으로 보냈던 남학생이 제대하고 눈부시게 남자다워진 모습으로 학교에 돌아와 오랜 공백을 메우기 위해 그야말로 필사적으로 공부하여 무사히 졸업해 주는 것은 고맙기 그지없는 일이다.

그건 그렇고 T군의 이야기로 돌아가자. 내 옆에서 밝게 웃고 있던 그가 갑자기 진지한 표정으로 나를 응시하며 입을 열었다.

"교수님, 교수님 덕분에 10년 가까이 학교에 적을 두고 겨우 졸업할 수 있게 됐습니다. 정말 고맙습니다. 교수님은 제가 입학했을 때 그대로예요. 하나도 안 변하셨어요. 그러니 교수님, 부탁이 하나 있습니다."

여기까지 말하고 그는 심호흡을 한 번 했다. 나는 그가 무슨 말을 꺼낼지 짐작도 못한 채 가만히 그의 얼굴을 주시했다. 그러자 그는 마음을 굳힌 듯 말을 이었다.

"교수님이 제게 해주셨던 것처럼 제 후배들에게도 친절하게 가르쳐 주세요. 앞으로도 계속 우리 대학의 후배들에게 일본어를 가르쳐 주세요."

그렇게 말하는 T군의 큰 눈에서는 굵은 눈물이 떨어졌다. 한국인의 깊은 정은 평소에도 느끼고 있었지만 이날 T군의 말과 눈물은 충격적이기까지 했다. 당시 그는 졸업 후 진로가 정해져 있지 않아 불안한 마음이었을 터인데 자신보다 후배를 생각하는 따뜻함을 지니고 있었다. 일본학과의 코러스동아리에 들어 가을의 학교 축제 때면 기타를 튕기며 맑은 목소리로 노래했고 눈물을 흘리면서 후배들을 잘 부탁한다는 말을 반복하던 T군. 그 모습은 내 마음 속에서 평생 지워지지 않는 보석이 되어 빛날 것이다.

축제 같은 졸업식

해마다 2월 말은 한국 대학의 졸업 시즌이다. 넓은 교정은 온통 사람으로 북적이며 떠들썩해 비좁게 느껴질 정도다. 크고 작은 꽃바구니를 진열한 노점상들이 장사진을 치고 손님을 끄느라 소리를 질러댄다. 그럴 것이 축하하러 오는 가족과 친구들의 필수적인 지참물이 꽃다발인 것이다. 일본에서는 후배가 선배에게 꽃을 선물하거나 애인이 선물을 들고 오는 경우가 흔하지만, 대학 졸업식에 가족이 축하하러 오는 것 자체가 '너희 집 오버하는 거 아냐?'라며 비웃음을 살 일일지도 모른다.

하지만 한국에서는 이것이 일반적인 졸업식 풍경이다. 부모는 말할 것 없고 가능하면 형제나 조부모까지 축하하러 온다.

그리고 긴 검정색 가운에 학사모 차림으로 가족과 사진을 찍는다. 가족들이 졸업생을 에워싸며 이 좋은 날을 기억하기 위해 사진을 찍은 다음 가족이 함께 식사하며 다시 한 번 축하한다.

한국의 졸업식 풍경을 모르고 혼자 참석한 유학생이 있다면 필시 외로움을 느낄 것이다. 내가 한국의 대학원을 졸업했을 때는 남편과 딸이 일부러 한국까지 찾아와서 기념사진을 찍으며 즐거운 한때를 보냈다. 이와 같이 졸업할 때는 가족 모두 축하하는 것이 한국식이다.

많은 가족의 축복이 쏟아지는 가운데 교정에는 풍선이며 커피, 과자, 어묵 등을 파는 노점도 많아 실로 축제 분위기에 물든다. 그런 떠들썩함 속에서 가족과 함께 축하하는 졸업식은 분명히 누구에게나 잊을 수 없는 추억이 될 것이다.

한국과 한국인의 매력

한국에서의 생활이 10년이 넘었다지만 내가 알고 있는 한국은 어떤 의미에서 제한된 세계일 것이다. 일본어를 가르치는 교사로서 또는 한국어를 배우는 학생으로서 접할 수 있었던 것은 한국이라는 그윽한 나라의 극히 일부라고 해도 과언이 아니다.

이를 전제로 내 개인의 생각을 말한다면 한국의 최대 매력은 '괜찮아요' 정신이다. 마감 시간을 조금 넘겨도 사정을 듣고 일처리를 해주는 은행 창구의 여직원, 다음에 돈을 내라며 거저 귤 봉지를 건네는 노점의 아저씨, 자기주장이 있을 때는 큰 소리로 논쟁하며 당장 주먹다짐을 벌일 듯하다가 그 자리를 떠나면 언제 그랬느냐는 듯이 천연덕스럽게 '뭐 맛있는 거 먹으러 가죠'라고 웃으며 권하는 사람들, 내가 어려울 때 함께 고민하고 걱정해 주며 '괜찮아요 분명히 잘될 거예요'라고 말해 주는 동료들과 친구들, 그리고 눈을 반짝이며 일본어를 배우고 실수도 두려워하지 않으며 열심인 학생들….

장점은 단점과 어디까지나 표리일체인 법이다. 그들의 '괜찮아요'가 그만 부정적으로 나타나서 때로는 느슨해지는 경향이 있는 것 또한 부정할 수 없다. 아무 말 없이 남의 물건을 쓰거나 빌려 가서는 돌려주지 않는 경우, 약속에 늦었으면서도 사과하지 않는 일….

인간은 본시 그런 것이 아닐까. 꼼꼼하게 무엇이든 빈틈없이 처리하려는 것이 사람과 사람 사이의 마음을 이어 준다고는 할 수 없다. '뭐, 됐어. 괜찮아', '실수해서 미안해. 괜찮지?', '별일 아니야'의 '괜찮아요'가 내게는 왠지 정겹고 기분 좋게 느껴진다.

서울은 물론이고 최근 한국은 급속하게 변하고 있다. 사회가 변하고 예부터 내려오는 관습이 변하고 그 속에 살아가고 있는 사람이 변하고 있다. 학생들은 내가 부임할 당시보다 건조해진 느낌이 든다. 그래도 아직 한국인이 '괜찮아요'라고 말할 때의 따뜻한 마음, 두터운 정, 인연을 소중히 하는 마음은 변하지 않을 거라고 나는 믿는다. 그리고 한국과 한국인의 매력은 실로 거기에 있다고 생각한다.

| 참고 문헌 |

31쪽 '좀…', '빨리 말해'

나카하라 아쓰시(中原敦 · 1996), 「II-4 회화 스타일(II-4　会話スタイル)」, 다나카 하루미(田中春美) · 다나카 사치코(田中幸子) 편, 『사회 언어학으로의 초대―사회 · 문화 · 커뮤니케이션(社会言語学への招待 ―社会 · 文化 · コミュニケーション)』, 미네르바쇼보(ミネルヴァ書房).

37쪽 안녕하라고?

오고시 마리코(生越まり子 · 1993), 「사죄의 대조 연구―일 · 한 대조 연구(謝罪の対照研究―日韓対照研究)」, 『일본어학(日本語学)』 11월호.

일본어클럽(日本語俱樂部) 편(1993), 『어원 아주 재미있는 잡학 지식 4―주위에 널려 있어 모르는 일본어(語源 面白すぎる雑学知識4 ―身近にありすぎて知らない日本語)』, 세이슌슛판사(青春出版社).

48쪽 '음', '알아, 알아', 'I see'

무토 세이에이(武藤淸栄 · 2001), 『남의 이야기를 잘 듣는 사람, 듣지 않는 사람(人の話を聞ける人　聞けない人)』, KK베스트셀러스(KKベストセラーズ).

53쪽 말없는 수다

사이토 이사무(齊藤勇 · 2003), 『인간관계의 심리학(人間関係の心理学)』, 나쓰메사(ナツメ社).

Matarazzo, J. D., Saslow, G., Wiens, A. N., Weitman, M. & Allen, B. V.(1964), "Interviewer head nodding and interviewee speech durations," Psychotherapy: Theory, Research and Practice, 1, 54~63.

69쪽 왜 자꾸 다가오지?

Hall, E. T(1959), The Silent Language, Doubleday(구니히로 마사오國弘 正雄 외 역 『침묵의 언어沈默のことば』, 난운도南雲堂, 1966년).

76쪽 말 안 해도 알지?

아즈마 쇼지(東照二 · 2002), 『사회언어학 입문—생생한 언어의 재미를 느끼자(社会言語学 入門—生きた言葉のおもしろさにせまる)』, 겐큐샤슛판(研究社出版).

사이토 이사무(齊藤勇) · 오기노 나나에(荻野七重 · 1999), 「사회적 욕구의 일 · 한 비교문화심리학적 연구(社会的欲求の日韓比較文化心理学的研究)」, 『릿쇼대학 인문과학 연구 연보 제36호(立正大学 人文科学 研究年報第36号)』

Basso, K.(1970), "To give up on words ; silence in Western Apache culture," In P. P. Giglioli (ed.), Language and Social Context, Penguin Books, 1972, pp.67~86.

89쪽 미묘하게 다른 단어들

김영권 · 사이토 아케미(1996), 「한국어 화자가 틀리기 쉬운 일본어 — 명사 · 형용사 · 동사의 오용 예(韓國語話者が間違えやすい日本語 — 名詞 · 形容詞 · 動詞の誤用例)」, 『논문집 26호』, 한림전문대학.

96쪽 다른 듯 같은 듯

사이토 아케미(齊藤明美 · 2002), 『'교린수지'의 일본어(「交隣須知」の日本語)』, 시분도(至文堂).

107쪽 공부할수록 좋아진다

사이토 아케미(齊藤明美 · 2004), 「한국의 일본어 교육의 역사와 문제점(韓國における日本語敎育の歷史と問題点)」, 『일본어 교육 연구 6호』, 한국일본어교육학회.

———(2004) 「한국 대학생의 일본, 일본인, 일본어에 대한 의식과 이미지 형성에 영향을 끼치는 요인에 대해서(韓國の大學生の日本、日本人、日本語に対する意識とイメージ形成に影響を與える要因について)」, 『일본어문학 21호』, 한국일본어문학회.

113쪽 「짱구는 못 말려」와 「겨울연가」의 위력

사이토 아케미(齊藤明美 · 2003), "A Preliminary Analysis of Linguistic and Cultural Backgrounds for Japanese Education in Korea and Taiwan and Korean Education in Japan and Taiwan"(기초 자료 한국편).

159쪽 점점 작아지는 매니큐어

총무성, 『정보통신에 관한 현상 보고(情報通信に関する現状報告 '情報通信白書')』 2000년도 · 2004년도 판.

168쪽 양반은 자전거를 타지 않는다

자전거산업진흥회(2002), 『통계요람 제37판』, 해외 자료 「세계의 자전거 보유 상황(世界の自転車保有状況)」

言·動·感·體·心 **다른 듯 같은 듯**

초판 2쇄 | 2017년 3월 24일

지 은 이 | 사이토 아케미

발 행 인 | 고화숙
발 행 처 | 도서출판 소화
등   록 | 제13-412호
주   소 | 서울시 영등포구 영등포동 7가 94-97
전   화 | 02-2677-5890(대표)
팩   스 | 02-2636-6393
홈페이지 | www.sowha.com

ISBN 978-89-8410-305-5   03810

잘못된 책은 언제나 바꾸어 드립니다.

값 8,500원